ALDA MERINI

L'ALTRA VERITÀ
Diario di una diversa

prefazione di Giorgio Manganelli

BUR Rizzoli contemporanea

Pubblicato per

da Mondadori Libri S.p.A.
Proprietà letteraria riservata
© 1986 Libri Scheiwiller
© 1997 RCS Libri & Grandi Opere S.p.A., Milano
© 2010 RCS Libri S.p.A., Milano
© 2016 Rizzoli Libri S.p.A. / BUR Rizzoli, Milano
© 2018 Mondadori Libri S.p.A., Milano

ISBN 978-88-17-06535-1

Prima edizione Rizzoli: 1997
Prima edizione BUR: 2007
Dodicesima edizione BUR Contemporanea: maggio 2021

Seguici su:

Twitter: @BUR_Rizzoli   www.bur.eu   Facebook: /RizzoliLibri

L'ALTRA VERITÀ

a G. Nuti

Rimuovo
le antiche muraglie
per trovare
le praterie del sogno
e incontrare te,
pane incontaminato
che prendo con le labbra.
Sentire la tua lingua di bosco
e l'ansia salina del tuo respiro,
il cuore che si ferma
è il battito delle ali di un'anima
che forse se ne va
per morire d'amore.

È inutile che io grida
che a volte io stringo una mano
che non conosco
ed è il fantasma bruno
dell'antica memoria.
Io non dormo mai sola.
Scende dalle propaggini del Signore
l'uomo che ho amato un giorno
e che mi vuole sposare.
Non è né un principe né un depredato,
è soltanto l'idea celeste
di un'entità sconosciuta
che ho chiamato
Dio.

NOTA ALLA NUOVA EDIZIONE

È con sommo piacere che vedo la riedizione del *Diario*, anche se nei passaggi editoriali è stato secondo me un po' compromesso da cattive e false interpretazioni. Manganelli considerava il *Diario* un classico ma soprattutto vedeva nel manicomio "la follia come spazio d'amore e di ricerca". Se pensiamo alla follia come fede, dobbiamo dire che Manganelli ha detto una verità. Lo spazio d'amore è uno spazio di grande ricerca. Non c'è persona ingiustamente offesa o malata che non chieda a Dio il perché del dolore e quindi della propria morte. Non c'è un Dio vero nella passione, ma spesso un catalogo di imposture e di colpe di cui si fa carico il prigioniero della vita. L'uomo è un prigioniero della vita ma è anche un prigioniero della morte e non c'è spazio creato dagli uomini che non possa cadere sotto l'accettazione che il dolore non solo è umano ma è giusto. Manganelli ha esitato a lungo prima di mettere mano al *Diario*: inorridiva al solo pensiero che il suo amore potesse essere rinchiuso in un luogo di torture, in un lager maledetto che lo credeva luogo santo perché io non avevo disobbedito alla volontà di Dio. È ancora la domanda che mi rivolgo. E continuo a pensare che Manganelli – ateo e dissacratore, prima di morire si è convertito al cristianesimo e ha scritto quel meraviglioso testo, pubblicato postumo, che è *Il presepio* – fine conoscitore dell'anima come Dante, ha visitato l'inferno della passione, e poi è riuscito a "riveder le stelle" grazie alla presenza di un Virgilio nascosto che può essere la fede, o per lo meno la speranza. È il *Diario* che non è solo una nomenclatura di torture e di stupri. Ricordo che nella *Storia di un'anima* Teresa Martin era considerata "meno di nulla", e morì misconosciuta. Manganelli parla di incomprensibile felicità e di incomprensibile dolore. Dopo il mio abbandono Manganelli si è dedicato alle lettere, dalla *Storia di un'anima* io ho tratto il *Diario di una diversa*, il che vuol dire che è vero che un grande dolore può fare un grande scrittore. Ma devo anche dire che solo Dio ha il potere di disarcionare un'anima, per il resto alcune anime camminano su traballanti ronzini e credono di essere dei purosangue.

Auguri a tutti i ronzini.

Alda Merini

PREFAZIONE

Il Diario di una diversa *di Alda Merini non è un documento, né una testimonianza sui dieci anni trascorsi dalla scrittrice in manicomio. È una ricognizione, per epifanie, deliri, nenie, canzoni, disvelamenti e apparizioni, di uno spazio – non un luogo – in cui, venendo meno ogni consuetudine e accortezza quotidiana, irrompe il naturale inferno e il naturale numinoso dell'essere umano.*

Dentro il manicomio tutto è sacro, ogni oggetto è alacre e vivo, può essere tormentoso o amoroso, ma in ogni modo reca in sé una sconvolgente volontà di significato, è ustionato e consacrato da un destino. Quello spazio è insieme chiuso e spalancato; esclude il "mondo" ma penetra in una profondità vertiginosa, donde sale una intollerabile dolcezza di fiamme e di luce. In quello spazio il tempo stesso viene meno, le notti si dilatano, i giorni non hanno limite né scansione, gli eventi, mossi unicamente dalla violenza del nume, continuamente accadono, lo stesso gesto, l'accadimento ripete se medesimo in una sorta di sublime balbuzie.

Nello spazio che gli uomini sentenziano "malato" nulla accade che non sia apparizione, che non porti seco una dimensione enorme di bagliore, e non venga avvolto in una gigantesca, e mostruosa vestizione d'ombra. Questo libro, nato da una esperienza da cui non pare lecito salvarsi, ha in sé una elastica, fantastica, selvatica irruenza; la forza ilare e minatoria delle parole, delle frasi, del "loro destino di fiori" ininterrottamente propone un disegno di gioia, una nitidezza amorosa che non solo non paventa, ma sembra scegliere lo spazio infernale come luogo fatale della propria nascita e letizia.

Incredibilmente, lo scatto, la lattile consistenza verbale, offrono una sorta di sconvolgente letizia, quale è possibile solo nel luogo retto e posseduto dalle parole. Credo che di rado sia stata più fermamente sperimentata la qualità empirea della parola impegnata nella ricognizione dell'inferno; la felicità di questo testo di Alda Merini non è altro che l'incontro con la perfezione del dolore; la salvezza è il battesimo verbale della disperazione.

Grazie alla parola, chi ha scritto queste pagine non è mai stata sopraffatta, ed anzi non è mai stata esclusa dal colloquio con ciò che apparentemente è muto e sordo e cieco; la vocazione salvifica della parola fa sì che il deforme sia, insieme, se stesso e la più mite, indifesa e inattaccabile perfezione della forma. Solo angeli e dèmoni parlano lo stesso linguaggio, da sempre.

GIORGIO MANGANELLI
da «Alfabeta», Milano, settembre 1983

Quando venni ricoverata per la prima volta in manicomio ero poco più di una bambina, avevo sì due figlie e qualche esperienza alle spalle, ma il mio animo era rimasto semplice, pulito, sempre in attesa che qualche cosa di bello si configurasse al mio orizzonte; del resto ero poeta e trascorrevo il mio tempo tra le cure delle mie figliole e il dare ripetizione a qualche alunno, e molti ne avevo che venivano a scuola e rallegravano la mia casa con la loro presenza e le loro grida gioiose. Insomma ero una sposa e una madre felice, anche se talvolta davo segni di stanchezza e mi si intorpidiva la mente. Provai a parlare di queste cose a mio marito, ma lui non fece cenno di comprenderle e così il mio esaurimento si aggravò, e morendo mia madre, alla quale io tenevo sommamente, le cose andarono di male in peggio tanto che un giorno, esasperata dall'immenso lavoro e dalla continua povertà e poi, chissà, in preda ai fumi del male, diedi in escandescenze e mio marito non trovò di meglio che chiamare un'ambulanza, non prevedendo certo che mi avrebbero portata in manicomio. Ma allora le leggi erano precise e stava di fatto che ancora nel 1965 la donna era soggetta all'uomo e che l'uomo poteva prendere delle decisioni per ciò che riguardava il suo avvenire.

Fui quindi internata a mia insaputa, e io nemmeno sapevo dell'esistenza degli ospedali psichiatrici perché non li avevo mai veduti, ma quando mi ci trovai nel mezzo credo che impazzii sul momento stesso in quanto mi resi conto di essere entrata in un labirinto dal quale avrei fatto molta fatica ad uscire.

Improvvisamente, come nelle favole, tutti i parenti scomparvero.

La sera vennero abbassate le sbarre di protezione e si produsse un caos infernale. Dai miei visceri partì un urlo lancinante, una invocazione spasmodica diretta ai miei figli e mi misi a urlare e a calciare con tutta la forza che avevo dentro, con il risultato che fui legata e martellata di iniezioni calmanti. Ma, non era forse la mia una ribellione umana? non chiedevo io di entrare nel mondo che mi apparteneva? perché quella ribellione fu scambiata per un atto di insubordinazione?

Un po' per l'effetto delle medicine e un po' per il grave shock che avevo subito, rimasi in istato di coma per tre giorni e avvertivo solo qualche voce, ma la paura era scomparsa e mi sentivo rassegnata alla morte.

Dopo qualche giorno mio marito venne a prendermi, ma io non volli seguirlo. Avevo imparato a riconoscere in lui un nemico e poi ero così debole e confusa che a casa non avrei potuto far nulla. E quella dissero che era stata una mia seconda scelta, scelta che pagai con dieci anni di coercitiva punizione.

Il manicomio era saturo di fortissimi odori. Molta gente orinava e defecava per terra. Dappertutto era il finimondo. Gente che si strappava i capelli, gente che si lacerava le vesti o cantava sconce canzoni. Noi sole, io e la Z., sedevamo su di una pancaccia bassa, con le mani in grembo, gli occhi fissi e rassegnati e in cuore una folle paura di diventare come quelle là.

La Z. era una bonacciona. L'avevano messa lì dentro perché era stata ragazza madre e volevano disfarsene, ma non aveva nulla di folle, era quieta, e a volte persino serena. Solo quando pensava al suo piccolo si metteva a piangere e piangeva in silenzio certa che nessuno l'avrebbe compresa. Ma io la comprendevo bene. Sapevo che l'essere madre in un posto come quello diventa una cosa atroce. Perciò cercavo di distrarla.

Un giorno in giardino incontrai un prete. Ero sola e gli chiesi in che concetto Dio tenesse i poveri pazzi.

«Mah» rispose quello, «che volete, figliola. I pazzi non sono responsabili.»

«Mah», proseguii io, «se Dio ha dato il libero arbitrio perché scegliessimo il bene ed il male, perché ce l'ha tolto con la pazzia?»

Il prete rimase confuso e se ne andò borbottando, ma a me quel concetto mi rodeva dentro: perché un folle non può più essere padrone della sua volontà?

Mi chetavo solo quando pensavo a quanto fossi ignorante su questa materia.

Recentemente ho trovato in una libreria il libro dell'Adalgisa Conti, fatta ricoverare in circostanze analoghe alle mie, dove sta scritto un passo che qui voglio riportare e che mi pare molto indicativo ai fini dei delitti perpetrati nei manicomi.

Vi si legge:

D'altronde l'internamento rappresenta già di per sé una violenza enorme per la donna che, identificandosi come persona nel ruolo coperto in famiglia, sottratta a questo perde ogni punto di riferimento e ogni possibilità di essere e di riconoscersi come individuo. Il ruolo di Casalinga-moglie-madre è il solo ruolo possibile per la donna ipotizzato come naturale, come l'essenza stessa del vivere femminile.

È necessario quindi perché la donna possa ricoprire questo ruolo il rapporto con quell'uomo che scegliendola le ha consentito di realizzarsi.

Se non si rivela capace di rispondere alle sue aspettative, la vittima non è lei, che è anzi colpevole di inadeguatezza, ma il marito che ha socialmente riconosciuto il diritto di rifiutarla o di sostituirla. Esso condanna la donna alla perdita di ogni suo spazio privato e ad una vita collettiva, a violazioni continue di quella riservatezza e di quel pudore cui come "matta" non ha più alcun diritto e che pur tuttavia le vengono continuamente indicati come elementi indispensabili della sua normalità.

La vita del manicomio faciliterà la degradazione del suo corpo, divenuto strumento di una esistenza puramente vegetativa e oggetto offerto alla manipolazione e allo sfruttamento che la istituzione ne farà, impegnandolo in attività servili e degradanti.

Questo passo del libro dell'Adalgisa mi pare molto eloquente tanto più che io stessa una volta che venni sorpresa a masturbarmi fui severamente punita, in quanto le degenti non dovevano e non potevano avere istanze sessuali.

Così, per cinque lunghi anni mi adattai a quel *ménage* veramente pazzesco.

Ci svegliavano di buon'ora alle cinque del mattino e ci allineavano su delle pancacce in uno stanzone orrendo che preludeva alla stanza degli elettroshock: così ben presente potevamo avere la punizione che ci sarebbe toccata non appena avessimo sgarrato.

Per tutto il giorno non ci facevano fare nulla, non ci davano né sigarette né cibo al di fuori del pranzo e della cena; e vietato era anche il parlare.

D'altra parte, trattandosi tutte di forme schizofreniche e paranoidee, ben poco ci sarebbe stato da dire con le altre malate. Ma io inspiegabilmente rimanevo lucida e attenta; io avevo voglia di qualche cosa di buono, di ancora sensibilmente umano, avevo voglia di innamorarmi: ma di chi?

I padiglioni erano ben divisi. Gli uomini stavano da una parte e le donne dall'altra, ma un giorno nel nostro padiglione entrò Pierre, un malato con un gran mazzo di rose bianche per l'infermiera, mandate dal capo, ed io mi innamorai subito di quell'ometto schivo e semplice che faceva il pittore, lì, dentro il manicomio. Cominciò così il nostro idillio ottocentesco fatto di sorrisi da dietro i vetri, di frasi approssimative, di piccoli, piccolissimi incontri ma senza alcun desiderio di amplesso amoroso. Dice Freud che l'uomo normale nel suo atto sessuale si sente continuamente "spiato" come se si ripetesse l'incesto della sua infanzia: e noi eravamo regrediti fino al complesso edipico per cui una stretta di mano equivaleva ad una aberrazione mentale. Purtuttavia io Pierre l'amavo e a lungo andare l'amore generò il suo frutto, il sano desiderio del possesso fisico.

Le notti, per noi malati, erano particolarmente dolorose. Grida, invettive, sussulti strani, miagolii, come se si fosse in un connubio di streghe. I farmaci che ci propinavano erano o troppo tenui o sbagliati, per cui pochissime di noi riuscivano a dormire. D'altra parte, di giorno non facevamo nulla e, se la sera si era tentati di rimanere alzati un po', subito venivamo redarguiti aspramente e mandati a letto con le "fascette". Che cosa erano le fascette? Nient'altro che delle corde di grossa canapa, dentro le quali ci infilavano i piedi e le mani perché non potessimo scendere dai lettucci. Urlare sì, potevamo; nessuno ce lo impediva, tanto che qualche volta un malato a furia di urlare finiva col ricadere esangue sul proprio letto. Ricordo di una paziente che rimase immersa nelle proprie feci urlando a squarciagola per giorni e giorni finché non venne slegata e rimandata in libertà. La poveretta, ovviamente, non sopportava quel genere di umiliazione.

Ma finalmente qualcosa mutò dentro a quel grave inferno che era il Paolo Pini, qualcosa finì, e si apersero i padiglioni e ci venne concesso di parlare con gli uomini, e gli uomini erano contenti, e così pure le donne, perché così la vita ci pareva più varia e un po' più verosimile.

Cominciammo a passeggiare per i giardini finché un giorno scoprii che sul braccio di una adolescente erano evidenti i segni di ripetute rasoiate.

«Ma perché tenti il suicidio?», le chiesi. La poverina non sapeva rispondermi, ma era evidente che mancava di amore e che lì certamente non l'avrebbe trovato.

In manicomio incontrai Pierre; era un uomo buono, un malato muto. Si innamorò di me e lo capii dai suoi sguardi dolci, dalle margheritine che mi regalava ogni giorno. Un giorno mi portò *Giulietta e Romeo*, e me lo indicava col dito sottolineando la parola Romeo. Con Pierre fui affettuosissima, capii tutti i suoi problemi e mi presi cura di lui. Pierre dipingeva bene ma non aveva materiale e perciò passavamo ore ed ore a dipingere sulla polvere dell'unico tavolo dell'istituto. E poi ci guardavamo negli occhi e mai due esseri umani furono così fratelli e si vollero così bene come Pierre ed io.

Dopo un po' di tempo cominciai ad accettare quell'ambiente come buono, non mi rendevo conto che andavo incontro a quello strano fenomeno che gli psichiatri chiamano "spedalizzazione" per cui rifiuti il mondo esterno e cresci unicamente in un mondo estraneo a te e a tutto il resto del mondo; mi ero fatta un concetto molto dolce e cioè che io fossi un fiore e che crescessi in un'aiola deserta. Ma di questo non ne parlai mai a nessuno, tanto più che mi pareva un processo psicologico del tutto naturale, ma non sapevo e non mi immaginavo quanto sarebbe stato poi oneroso portare in società questo "concetto". Di fatto la società per me era morta. Dal momento che mi aveva rifiutata e insediata tra quei rifiuti sociali non poteva e non doveva più esistere; e l'amore poi e la famiglia erano concetti che consideravo superati e triti. Tutto ciò era mera follia ma io non potevo rendermene conto, né, d'altra parte, mi si dava spazio perché io potessi modificare le mie idee.

Quel giorno, dicevo, che uscii con Pierre avvenne la prima scissione della mia mente. Mi trovai improvvisamente di fronte un uomo, un uomo nella sua interezza anche se malato e mi trovavo di fronte lo spazio della antica libertà. Entrambi sentimmo fortemente questo shock tanto che non riuscimmo a far nulla e solo ci riposammo sull'erba carezzandoci teneramente la mano e parlando di quell'ipotetico bimbo che avremmo potuto avere.

In manicomio come ho detto, il sesso è bandito come sconcezza, quasi come portatore di microbi patogeni e noi per l'appunto eravamo asessuati ma non per questo il nostro sguardo era meno carico di intesa e di sessuali domande.

Pierre

L'indomani ripresi a camminare nel parco. Ero felice, pensavo in tutta sicurezza che quel giorno avrei trovato l'amore. Ma l'amore che io immaginavo apparteneva a qualche cosa di inconsistente, qualche cosa che forse stava solo nella mia immaginazione. Invece ad un tratto un uomo piccolo dai tratti delicatissimi dalla pelle diafana mi si avvicinò e sorridendomi mi allungò la mano.

«Chi sei?», gli chiesi.

«Sono Piero» rispose, «semplicemente Piero e sono malato, come te.» Gli sorrisi, capii subito che Pierre non domandava nulla, non avrebbe voluto nulla.

«Vuoi che facciamo una corsa?»

«Oh, sì! mi sento ancora ragazzo; sai, qui non abbiamo problemi, possiamo mangiare bere e dormire, siamo soli con noi stessi...»

«Allora» dissi io, «perché mi cerchi?»

«Così, perché mi sei simpatica.»

E ripensai ad un tratto ad un vecchio amore infantile, un amore che avevo quando ero in età di sette anni e lui si chiamava Roberto ed era estremamente timido. Così come allora, ora con Pierre l'amore poteva essere una cosa pulita.

«Cosa hai da regalarmi?», gli chiesi subito io aggressiva.

«Oh, nulla, ma se ti piacciono le sigarette posso anche fare un debito.»

Sorrisi.

«Per me faresti un debito?»

«Oh, sì per te qualunque cosa, anche un pacchetto di sigarette.»

Allora gli saltai al collo e lo abbracciai.

«Sì, Pierre, questo debito lo devi fare, per me, perché qui dentro non ho altro, e poi ti regalerò un bel libro e lo leggeremo insieme nei prati.»

«Ma sai» fece lui, «che nei prati ci sono le guardie?»

«Ebbene» dissi io, «ci faremo beffe di loro.»

«Faresti all'amore con me?»

Pierre mi guardò sorpreso.

«Io» disse cincischiando i bordi della sua giubba di degente, «io non conosco donna.»

«Ebbene» dissi, «ora conosci me.»

E ci avviammo cantando verso lo spaccio dell'ospedale.

Da quel giorno io e Pierre ci incontrammo spesso. Ogni mattina veniva all'ingresso del mio padiglione con un mazzetto di margheritine e mi guardava rapito. Io, eludendo la sorveglianza degli infermieri, sgattaiolavo fuori e correvo tra le sue braccia.

«Pierre» gli dicevo, «quanto siamo felici tu ed io e quanto sei bello!»

Lui rideva e diventava rosso.

«Anzi» osai una volta, «a ben pensarci, perché non chiediamo un permesso? Così potremmo passeggiare per Affori, guardare le vetrine e poi fare all'amore.»

Si dice che la donna sia stata sempre un po' la spirale del male, la prima ad aprire le voragini del peccato e io non vedevo che, quando parlavo di amore, Pierre sudava, era impacciato, timido, riservato.

Ma io ne parlavo così, come se avessi buttato per aria una gonna che mi piaceva.

«Hai delle belle gambe», mi disse una volta e ciò mi fece piacere.

Ma io e Pierre non ci incontrammo mai fuori dalle mura del manicomio e un giorno tristissimo vidi il mio amore caricato su una specie di furgone insieme ad altre "bestie" umane. Lo mandavano in un cronicario. Rimasi lì a guardare il furgone a bocca aperta.

Poi scoppiai in singhiozzi. Davvero non sapevo a chi dire quanto fosse forte in quel momento il mio dolore di donna.

Avevo notato, durante le mie passeggiate in giardino, che un certo capogruppo mi guardava fissamente e seguiva tutte le mie manovre. Era un uomo alto, fulvo di capelli, con due occhi che parevano due capocchie di spillo e un sorriso ambiguo e sardonico insieme. Un giorno cercò di parlarmi.

«Sei bella» mi disse, «direi che sei tra le più belle degenti del nostro reparto.»

«A me la cosa non riguarda affatto», gli risposi con malgarbo.

«Perché» proseguì lui, «non vieni un pomeriggio a prendere il caffè da noi?»

(Si trattava di un reparto di uomini.)

«Ma» risposi io, «nulla me lo impedisce, ma vorrei venire accompagnata.»

«Da qualche tua compagna, si intende» proseguì lui.

Ma io non la intendevo così e per punire la sua malvagità e la sua millanteria gli diedi appuntamento per l'indomani alle quattro. Dopo di che avvertii subito il capo infermiere di come erano andate le cose. Il capo infermiere, che era un uomo di assai buona lega morale, mi disse: «Tu vacci, che appresso ci sono io».

Di fatti, l'indomani mi presentai al reparto. Suonai e mi trovai di fronte tre energumeni che si leccavano le labbra al pensiero di farmi la festa. Non visto, S. comparve dietro le mie spalle e saltando addosso ai tre malandrini fece una scazzottata tale che ancora ne rido.

«E ricordatevi» finì, «che se non vi caccio è perché so che avete famiglia.»

Questo dà un po' l'idea in quale considerazione fossero tenute le recluse del manicomio.

Nel centro del giardino c'era anche un'altra appendice dell'ospedale: il ricovero delle cavie, dove si facevano continue ricerche sul cervello umano.

Io mi sono addentrata in quel posto poche volte, quanto basta per provarne un orrore incredibile. Bestie lobotomizzate, castrate e, dappertutto, un senso di innaturale forza malvagia, ridotta al massimo della sua violenza. Certe bestie, sotto i veleni delle medicine, avevano perso del tutto la loro identità. E dei gatti parevano tigri feroci, dei topolini erano presi da sindromi strane che li facevano girare su se stessi senza posa alcuna né alcun senso di conservazione.

L'uomo che dirigeva questo brutto traffico era un po' eguale alle sue bestie, pareva un lobotomizzato; unto e untuoso, cercava di arraffare qualche malata e portarla di sotto per "montarla", come diceva lui. A me faceva talmente ribrezzo che una volta giunsi a sputargli in faccia. La cosa non me la perdonò più, e ogni volta che passavo di lì mi guardava con aria sempre più torva.

Il dottor G. era un convinto freudiano e stabilì che se ero malata, qualcosa doveva avere turbato la mia infanzia. Ne convenni. Di fatto, ricordavo una infanzia vissuta in modo angoscioso, piena di tribolazioni interiori, con un morboso attaccamento alla madre. Di qui, risalire al complesso edipico fu facile. Ma la mia follia verso il sesso, il mio spaventoso crollo davanti all'atto sessuale, cosa voleva significare? e che c'era stato, prima della conoscenza degli organi genitali?

Le mie resistenze erano notevoli. Perciò il dottor G. ritenne opportuno farmi fare due o tre elettroshock, anche perché nel frattempo ero caduta in un grave stato confusionale.

Di fatto, dopo la shockterapia la mia mente divenne più elastica e cominciai a raccontare con un respiro più adeguato e coerente.

Raccontai di tutto, della mia infanzia, del mio amore per i maschietti, della mia inconscia eppure consapevole invidia del pene e, infine, del grosso complesso di castrazione.

Mi diceva il dottor G.: «Non ricordi di essere stata violentata, vituperata da qualcuno?».

Di fatto un buco nero nella mia memoria c'era, ma non sapevo individuarne bene né i tempi, né le relazioni: era quello dunque il punto ammalato.

Stanco di esasperarmi con continue domande, il dottor G. ricorse alla narcoanalisi.

Sotto narcosi il mio comportamento era altamente negativo e gridavo come un'ossessa in preda ai più grossi deliri. Vedevo sempre le stesse figure: un uomo nero che mi assaliva, e davanti a questa figura diventavo a mia volta aggressiva.

Quando il dottor G. incalzava, «Dai, cerca di ricordare», io mi alzavo a sedere sul lettino e tentavo di agguantarlo per la gola. A questo punto il dottor G. sospendeva l'analisi.

E ancora oggi questo punto non è stato risolto. Sicché, nell'adolescenza ebbi i primi disturbi che riguardavano i rapporti sessuali, e più tardi rifiutai la maternità come cosa sconcia. O, forse, perché l'avevo pensata come connubio col padre. Insomma, forse non scriverò nulla di nuovo, forse questi sono luoghi triti, ma sono convinta, serenamente convinta, che se non fosse stato per la psicoanalisi, io in quel luogo orrendo ci sarei morta.

Le nostre infermiere erano esseri privi di qualsiasi sentimento umano, almeno per quanto ci riguardava, e, dato che la nostra vita all'interno dell'ospedale era già tanto difficile, ce la rendevano ancora più nera mortificandoci e dandoci a vedere ad ogni pie' sospinto che noi eravamo "diverse" e che quindi non potevamo entrare né nei loro discorsi, né nel loro genere di vita.

La Capa, poi, era un vero mostro di scelleratezza. Dotata di eccezionale bellezza, il che non le toglieva nulla dell'inferno dal quale proveniva, si divertiva un mondo a vedere soffrire i pazienti sotto l'effetto delle più forti terapie. Aveva istituito un harem per le sue quotidiane abluzioni che faceva sempre contornata dalle più belle ragazze ospiti del manicomio. Si diceva di lei che fosse ambigua. Di fatto stavano per delle ore rinchiusi nello studio del dottor G., dopo di che ne uscivano con enormi cartelle ricche di strane e quanto mai errate terapie da applicare ai poveri pazienti.

Ma io avevo imparato a fregarmene anche di loro e stavo sempre zitta. Ormai avevo un orizzonte vago nella mia mente, un orizzonte dove l'equilibrio reggeva a stento, ma che vedeva, o prevedeva, qualche cosa di bello e di ancora accessibile.

Di visioni non ne avevo, non soffrivo quindi

di allucinazioni, ma di una quieta morbosa sensibilità. L'idea del canto però era totalmente sparita dalla mia mente. E poi lì dentro mi ero dimenticata di tutto e gli elettroshock avevano fatto il resto. Rimanevo quindi una integrale ignorante, che però, a volte, sapeva ancora riflettere. Ecco perché quando uscii dall'ospedale mi fu oltremodo difficile riallacciare con la gente di cultura.

Le facce delle degenti erano a dir poco mostruose. Avevano perso ogni tratto femminile e guardandole (a poco a poco mi ci avvezzai) mi venivano in mente le streghe del *Macbeth*. Di fatto costoro non facevano altro che borbottare tutto il giorno intorno a degli strani marchingegni dovuti o voluti dalle loro fantasie. Facce con larghe chiazze di vino, unghie adunche, grossi vestaglioni che portavano a mo' di grembiule, e un ghigno feroce tra le labbra che ti faceva accapponare la pelle.

Ma lì di trauma non ce n'era, e a me che ero così spaurita non facevano che venire in mente le storielle macabre di Banco. Parevano tutte uscite da un raduno infernale. E io, non so, ma mi sono domandata spesso come mai le malate di mente debbano avere volti così brutti e così inauditi, e se siano i farmaci a procurare quelle sembianze, della qual cosa sono quasi sicura. Come diceva più sopra l'Adalgisa Conti, le lungodegenti hanno facce tutte eguali. Perché? Si tratta forse di una congrega di streghe?

Comunque, a me conveniva di viverci dentro e di viverci senza fiatare, perché di quelle avevo proprio una sacrosanta paura come di vipere che mi si sarebbero torte all'indietro.

Mi consolava il pensiero di Pierre. Pierre aveva una faccia normale, direi persino dolce, una faccia da uomo profondamente punito che chiedeva venia.

E così il nostro amore trionfò su tutto quel putridume e trionfò per lunghissimo tempo, tanto che mi rese la vita più sopportabile.

Purtuttavia, in mezzo a quel disordine morale e reale, la storia mia e di Pierre continuava. Io l'amavo intensamente, portavo su di me i segni del suo corpo, dei suoi baci ardenti, delle sue parole sussurrate, tratte dal *Giulietta e Romeo* di Shakespeare. E così, rammentandole di notte, mi rinfrescavo un po' la fantasia, e le cose oscene del manicomio mi parevano gradevoli. E mi tenevano un poco al sicuro. Questo amore era, per così dire, il mio piccolo rifugio segreto, dove entravo quando ne avevo voglia, e ne uscivo quando la realtà si faceva pressante.

Ma il nostro tenero idillio fu scoperto e un giorno, un brutto giorno, vidi Pierre salire su di un grosso carrozzone, "deportato" in un altro manicomio per cronici.

Credo che ciò che provai dentro fosse molto simile all'orrore, al ribrezzo, alla vergogna. Mi sentivo autrice di quel misfatto, in certo qual modo complice, e avrei voluto morire. Anche perché ormai al mondo nessuno mi amava più. Ero caduta così in basso. Ma Pierre mi amava: allora, come avevo potuto rovinarlo?

Pensai giorni e giorni e finalmente scappai dal manicomio.

Passai giorni e giorni senza trovare nulla di sicuro. A casa non pensavo di andare. Nella mia povera mente malata, anche la casa era stata risucchiata via dall'immaginazione, e con quei pochi indumenti che avevo addosso sembravo una poveraccia. Ma a me non importava e non sentivo neanche la fame. Pensavo a Pierre e con lui a tutti i diseredati che stavano pagando per una società sbagliata.

Raggiunsi finalmente il suo cronicario, ma quando mi vide, Pierre mi insultò, probabilmente stava male, e mi disse di andare via e che ero stata io l'autrice di quel sacrilegio. Sicché tornai sui miei passi e decisi di scordarmelo.

E invece scordarlo non potei e ancora oggi mi porto nel cuore quella piccola immagine del piccolo Pierre, così romantico amoroso, pieno di fede tanto da essere definito "malato di mente".

Si dice che Freud quando giunse a Vienna, vedendo che tutti leggevano i suoi libri, esclamasse: «Non sapevo di essere tanto famoso». Vorrei che lo stesso si dicesse di me, ma naturalmente per altri meriti. L'aver vissuto in un manicomio e l'avere interpretato questo vissuto, non è cosa da tutti; l'esserne poi riusciti, è stata impresa quanto mai difficile in quanto è pericoloso uscire dai meandri della propria inquietudine per addentrarsi nella socialità.

Leggevo poi, proprio ieri sera, e sempre a proposito della psicoanalisi, che questa scienza, o teoria che dir si voglia, serve un poco da cuscinetto di conforto, direi da parafulmine contro i guai della vita, e che il paziente bene vi si adagia, convinto di mantenersi al sicuro. In questo modo questo fenomeno avveniva anche negli ospedali psichiatrici, dove la così detta spedalizzazione fungeva un poco da psicoanalisi, e l'analista altro non era che l'ospedale stesso dove era dispensato il cibo, il bere, e anche qualche piccolo conforto, come quello di essere al di fuori delle cure del mondo.

Ma andiamo avanti col nostro racconto.

Al principio del '65 quando ancora le leggi erano molto restrittive, ai malati era consentito così poco che nemmeno gli si dava la libertà nel lavarsi. È chiaro che il malato di mente non ha nessuna voglia di rendersi bello proprio perché, essendo stato strappato via dalla società, non ha più voglia di avere contatti con l'esterno. Allora si ricorreva ad un mezzo coercitivo. Venivamo tutti allineati davanti a un lavello comune, denudati e lavati da pesanti infermiere che ci facevano poi asciugare in un lenzuolo eguale per capienza a un sudario, e per giunta lercio e puzzolente. Alle più vecchie facevano tremare le flaccide carni e così, nude come erano, facevano veramente ribrezzo. La prima volta che dovetti sottostare a questa rigida disciplina svenni, e per lo schifo, e perché ero così indebolita dalla degenza che non mi reggevo più in piedi. Ci allineavano tutte davanti a un lavello comune con i piedi nudi per terra fissi nelle pozzanghere d'acqua. Poi ci strappavano di dosso i pochi indumenti (il camicione dell'ospedale di lino grezzo eguale per tutti, che aveva dei cordoncini ai lati e che lasciava filtrare aria da tutte le parti). Poi le infermiere passavano ad insaponarci anche nelle parti più intime, e ci asciugavano in un comune lenzuolo lercio. Le più vecchie cadevano a terra per il modo maldestro con cui venivano trattate. Alcune scivolavano, altre battevano pesantemente la testa. Io, ogni mattina, davanti a quel lavello e all'odore terribile del luogo, svenivo e venivo ripresa con male parole e buttata sotto l'acqua diaccia.

Si veniva fuori da quello strano inferno già stordite, con la riprova che la nostra demenza rimaneva un fatto inspiegabile e che non avrebbe avuto nessuna verità razionale.

Poi ci allineavano su delle pancacce sordide, accanto a dei finestroni enormi, e lì stavamo a guardare per terra come delle colpevoli, ammazzate dalla indifferenza, senza una parola, un sorriso, un dialogo qualunque.

Io avevo sete di verità e non capivo come ero potuta capitare in quell'inferno. Disposta naturalmente al razionalismo, avvezza a cercare il perché di tutte le cose, ero spaventata dall'oscenità dell'ignoranza che si adoperava in quei luoghi. Il demente viene considerato "incapace di intendere e di volere". Eppure, sotto la diagnosi serpeggiava quieta la mia anima dolce, rasserenante, un'anima che non era stata mai tanto luminosa e vitale, e, a volte, per consolarmi, pensavo che quella brutta vestaglia azzurra fosse il saio di san Francesco e che io di proposito l'avessi scelto per umiliarmi.

Così in questo modo gentile adoperai il silenzio, e mi venne fatto di incontrarvi il mio io, quell'io identico a se stesso, che non voleva, non poteva morire.

Il bagno di forza, o bagno di pena, era una delle cose per cui brillava il nostro istituto. Appena uno entrava nel manicomio, veniva prontamente lavato. Di fatti nella mia poesia *La Terra Santa*, metto bene evidenziato questo particolare: "Fummo lavati e sepolti odoravamo di incenso". E veramente odoravamo di sapone e di bucato e detersivi vari, come fossimo stati dei panni e non degli esseri umani. Dopo di che le nostre funzioni sociali erano finite. Ci si concedeva di tutto e non si poteva fare assolutamente nulla.

Ma quando le cose cambiarono, ognuno di noi poté portarsi in dotazione il proprio sapone e lavarsi come meglio poteva, in un bagno decente, ed asciugarsi nel proprio asciugamano.

Si passò poi alla vestizione e ognuno di noi poté indossare i propri indumenti, la qual cosa ci fu di grande sollievo morale.

Intanto proseguiva la mia indagine psicologica col dottor G. che aveva una enorme pazienza e una grande volontà di guarirmi.

Io, a dire il vero, non credevo nella mia guarigione quantunque ci sperassi molto e quantunque mi rendessi conto delle enormi capacità umane e intellettive del dottor G. Essendo stato un freudiano, non mi era difficile seguirlo. Ma c'era qualcosa nel mio inconscio che non voleva essere rimosso e più di una volta il buon dottor G. cercò di spaventarmi fingendo con me una colluttazione amorosa, la qual cosa mi spaventava all'eccesso.

Alcune volte mandava a chiamare le ammalate e diceva loro: «Volete ridere?».

Quindi si avvicinava a me e tentava di abbracciarmi ed io scappavo inorridita mandando urla tremende. Le ammalate non capivano, ovviamente, ciò che succedeva nel mio inconscio. Ma io sì, e anche il dottor G., tanto che dopo mi diceva: «Cerco in ogni modo di provocarti uno shock affinché tu guarisca». Ma la cosa appariva sempre più lontana e impervia, tanto che ancora oggi conservo intatto il mio terribile segreto inconscio.

Col tempo cominciarono a darci dei permessi. Qualcuno di noi poteva uscire, tornare a casa propria per un giorno o due, e fu proprio durante una di queste mie visite a casa che io rimasi incinta.

Ne fui contenta. Naturalmente, non mi rendevo conto di quale grosso guaio mi stava capitando, ma ero contenta per una cosa: di fatto in gravidanza tutti i miei sintomi scomparivano e tornavo ad essere una persona normale. Furono quindi sospese tutte le terapie e, cessate le mestruazioni, io non avevo più attacchi isterici. Rimasi quindi a casa nove mesi filati, senza dare

alcun segno di stanchezza o di decadimento psi-
chico.

Ma quando generai la mia piccola precipitai
nuovamente nel caos e dovetti essere ancora ricoverata e la bambina affidata ad altri.

A CIASCUNO HO DA CHIEDERE

A ciascuno ho da chiedere una grazia:
                d'essere ferma un'ora
                sul quadrante stellato
                di un normale orologio di partito
                allora la nevrosi è scienza
                o sudata opposizione di massa
                non esiste la carità dei cristiani
                inaudito concetto metaforico
                ad ognuno debbo chiedere l'eletto
                favore di un ragguardevole saluto
                ma perché per via del manicomio?
che accezione infantile
                            non siamo tutti folli
                tutti calati dentro
                il mito di Clitennestra
                        e il destino di Edipo,
                        non siamo tutti Freudiani?

Già ma la vicina di destra
Freud non lo conosce
e il secolo dei lumi
se ne è andato da un pezzo,
ricoveriamoci dunque
forti di tanto lezzo.

Eravamo così giunti all'accettazione del nostro genere di vita. Forse gli psichiatri ci avevano messo, senza volerlo, in diretto contatto con la divina provvidenza perché avevamo imparato a considerare tutto ciò che ci veniva dato come un dono del cielo, elettroshock compresi. E così, pregando e andando avanti come i montoni, ci facevamo strada in una strada che non era percorribile e che ovviamente non aveva sbocchi.

Ma andavamo verso la messe. Oh, sì! avremmo un giorno raccolto il fascio luminoso delle nostre sofferenze inumane e il fardello oneroso di tutte responsabilità che avevamo lasciato indietro, lungo la nostra strada.

Il manicomio è senz'altro una istituzione falsa, una di quelle istituzioni che, create sotto l'egida della fratellanza e della comprensione umana, altro non servono che a scaricare gli istinti sadici dell'uomo. E noi eravamo le vittime innocenti di queste istituzioni. C'erano, sì, persone che avevano bisogno di cure e di sostentamenti psicologici, ma c'era anche gente che veniva internata per far posto alla bramosia e alla sete di potere di altre persone; e di questo io mi rendevo ben conto. Per questo Basaglia ha pensato bene di chiuderli. Creando, ovviamente, altri problemi non ancora risolti.

La cosa che maggiormente mi spaventava erano i miei rapporti con i figli. Nella mia mente malata i figli dovevano necessariamente far parte del mio corpo, del mio io, e non potevo prevederne un altro che fosse al di fuori del mio centro focale. Finché i miei figli li portavo in grembo, tutto poteva rientrare nella normalità; ma una volta che li mettevo al mondo mi riallacciavo inequivocabilmente al mito di Cronos che divorava la propria progenie.

Ho chiesto al mio medico il perché di questa mia particolare mostruosità. Ma il mio medico non ha mai saputo darmi una esauriente indicazione. Tutt'al più poteva identificare i miei figli col pene, il che era tipicamente freudiano, come qualcosa di fallico, come una appendice che mi ricordava il vecchio trauma. E fin qui la cosa potevo anche accettarla. Ma non potevo certo accettare di essere io l'autrice di una infamia qualsiasi, o di una altrui infelicità. La morale era che i figli li dovevo affidare ad altri, perché mi facevano insorgere paurose allucinazioni e la cosa mi sgomentava. E ancor oggi non l'ho risolta per cui, non sentendomi amata dai miei figlioli, mi sento virtualmente sola. Potrà anche essere vero che in passato un uomo mi abbia violentata, ma mi ricordo benissimo che quand'ero bambina pregavo ogni sera il buon Dio che mi facesse dono di un bimbo. Perché? Anche queste cose sono contemplate nelle teorie freudiane. Ma si dà il fatto che la bambina voglia un bimbo, secondo Freud, perché si sente castrata.

Ma andiamo con ordine.

Quando comparvero le mie prime mestruazioni, il mio inconscio rimase altamente mortificato. Per lunghi anni si era ritenuto maschio e ad un tratto scopersi che ero donna e donna in tutto simile alla madre, quella stessa madre del complesso edipico. Che cosa potevo fare allora, se non rifugiarmi nella nevrosi? Mia madre aveva sempre costituito un modello nella mia mente, modello che poteva andar bene per la prima infanzia, ma che automaticamente la mia adolescenza rifiutava in quanto amante e concubina del padre. In più io cominciavo a sentire in me i primi movimenti, le prime ispirazioni artistiche e mia madre, che era del tutto profana nel campo dell'arte, non poteva certo combaciare con la mia figura. Di qui nacque il mio punto di mostruosità, la mostruosità della mia esistenza, la mostruosità di mia madre stessa e, infine, l'aggressione con conseguente voglia di fuggirmene da casa. Ma siccome questo fuggire era patologico, finii in una clinica dove tentarono di coordinare la mia figura. Mia madre certamente si ricollegava al fatto del trauma infantile. Forse ella stessa ne era stata l'autrice. Ma questo, io non lo potevo accettare in quanto l'avevo sempre adorata e giudicata al di sopra di ogni sospetto.

In tutta questa storia atroce mio padre non aveva alcuna parte perché mi ero compiaciuta, fin da bambina, di considerarlo un uomo castrato. Questo, perché? Di fatto, nella mia mente anche il dottor G. non aveva il pene, me lo immaginavo così per potervi parlare, altrimenti sarebbe diventato un mio nemico.

A proposito di sogni, ne ricordo uno che non portai in analisi, anche perché mi parve così veritiero e così chiaro che si spiegava da solo.

Mi trovavo in un ospedale per un intervento all'addome. Dovevo essere operata l'indomani, ma la mia paura rasentava la follia. Non dissi nulla a nessuno, ma cercai di convincere il medico di guardia a visitarmi nel pomeriggio. Questi mi guardò dritto negli occhi. E mi disse: «Ti opererò esattamente fra un mese quando ci sarà il primario». Il primario altri non era che il professor N. che aveva curato mio marito di una forma acuta al polmone. Io ne fui soddisfatta e mi vidi comparire davanti proprio il professor N. che disse: «Vedi che senza di me nessuno ti può fare del male?». La frase aveva significato ambiguo, purtuttavia il professore mi prese fra le sue braccia e mi baciò con una passione che non conoscevo da almeno venti anni. E quel bacio era convinto, il bacio, insomma, che un uomo dà a una donna. Io mi risvegliai da quell'abbraccio più confusa e sorpresa, e dissi al professore: «Ora dovrò avvertire che torno a casa». Il gettone me lo diede lui e mi disse: «Bada di non sbagliare numero». Ma il numero di casa mia (madre-marito) non mi tornava alla mente e tutti intorno mi schernivano perché credevano che io non sapessi adoperare un telefono. Alla fine ci rinunciai, ma mi misi a piangere e andai dal professore. «Sai» gli dissi, «ti vorrei dire una cosa: io ho ancora un padre e tu sai quanto i padri vogliano bene ai figli; così ogni volta che avrò bisogno di lui egli risponderà, ma tu te ne andrai (complesso di abbandono). Perciò, perché non me lo dici adesso che quel bacio è stato uno stupro (trauma iniziale)?» Il professore non disse nulla, ma badava a cambiarsi le calze. Infine trasse un lungo sospiro e mi disse: «Io non ho nulla in mente di ciò che tu pensi, ma comunque non avrò altra donna al di fuori di te». Se ne andò senza promettermi nulla.

Ma il sogno fu così veritiero che ne uscii sconvolta. In più, faticai molto a dare un volto all'immagine del professore che, subito dopo il risveglio, mi era del tutto sconosciuta.

Aldo

Nel recinto degli uomini Aldo era il più lungo e allampanato, con due occhi immensi e stravolti. Era visibilmente pazzo ma con un che di infantile e aggraziato che non poteva non commuovermi. Insieme ad altri ammalati stava dietro un recinto di reti e gridava tutto il giorno a squarciagola, quasi che ce l'avesse con il cielo che l'avevano messo lì dentro. Un giorno ottenni che lo si lasciasse andare per qualche ora. Di fatto era un uomo che non faceva male a nessuno. Si limitava a gridare e a imprecare. Pieno di Serenase com'era, malgrado fosse molto giovane, Aldo non aveva alcun senso della sua mascolinità, e con le grosse mani non faceva che tagliare e strappare l'erba e portarsela alla bocca come un cavallo forsennato che avesse fame. A me chiedeva solo sigarette e mi diceva, guardandomi dritto negli occhi: «Sei dolcissima».

Poi mi carezzava teneramente la pelle. E guardava se mai sorgesse in me qualche visibile emozione.

«Ma tu sei donna?», mi chiese una volta.

«Certamente», risposi io.

«Non mi sembra; guarda, io sì che sono un uomo!»

E tirò fuori il suo pene diritto come una alabarda che subito mi impaurì.

«Non devi fare questo, Aldo. Ricordati che ti tolgono il permesso.»

Aldo si guardò in giro e assentì con la sua grossa testa. «È vero.»

Comunque, continuava a guardarsi in basso, verso i calzoni.

«Ma io "sono" un uomo», continuava a ripetere.

«Certo» gli dicevo io, «che sei un uomo. Solo che adesso devi pensare a curarti.»

«E i miei figli?», proseguiva lui.

«I tuoi figli sono in mani buone, e anche tu: perché io ti voglio bene.»

Allora mi abbracciava e rideva forte e mi faceva rotolare per terra e mi impasticciava di baci che non avevano nulla di adulto. Erano baci di un bambino teneramente commosso e felice di qualche caramella.

Quando lo riaccompagnai in reparto Aldo era visibilmente fiero di starmi a fianco.

«Vede» diceva al suo caposala, «questa è la mia donna.»

E mi faceva un largo inchino che pareva una genuflessione. Io annuivo ridendo: in fondo piaceva anche a me di avere un amico così sincero, e poi, forse, in fondo Aldo non era più tanto malato. Ma un giorno che mi portò delle rose bianche, mi disse tra le lacrime: «Sai, Alda, mi trasferiscono. Dicono che sono inguaribile».

«Non è possibile» dissi io, «tu devi stare bene per i tuoi figli!» Ma dovetti arrendermi alla realtà. E quella volta piansi con profondo dolore per la sorte di Aldo, per la sorte di tutti coloro che non potevano sconfiggere quel terribile male.

Invece la D. era chiaramente una viziosa. Veniva da una famiglia tarata dove c'erano già dei fratelli o pazzi o anormali, ed era chiaro, nel suo comportamento e in tutta la sua figura, un che di mascolino e di dispotico che faceva paura. Era chiaramente violenta. Perciò girava sempre scortata da due infermieri.

Una volta che mi vide fare dei complimenti ad una ragazza, prese a perseguitarmi punta nel vivo dall'invidia e io ebbi finalmente paura. Era un donnone grande e grosso, di una beltà singolare ma chiaramente volgare. Sarebbe stata capace di tutto. Corsi perciò dal capo infermiere e gli dissi chiaramente quali erano i miei pensieri.

«Potrebbe darsi che mi conciasse male», dissi io quasi piangendo. Da allora in poi anche io ebbi la mia guardia del corpo.

Avvenne che un giorno portarono lì una paziente, una signora dai modi molto discreti, di buona famiglia e che soffriva di insonnia. Naturalmente per il nostro reparto erano inconcepibili le cure a basso livello, sicché le venne subito propinata una serie interminabile di elettroshock, dal che la poveretta ne uscì completamente pazza. Smaniava, si strappava le vesti, e divenne così furiosa che la misero in uno stanzino, isolata, con le fascette. Ma riuscì egualmente a strappare una guancia a un'altra ammalata che si era troppo avvicinata. Successe il putiferio. I parenti, consci che lì si perpetrava un gioco molto pericoloso, portarono la cosa in magistratura ed io ebbi la mia personale soddisfazione nel vedere il dottor D., autore di tanti crimini, finalmente spaventato e angosciato.

La poveretta si salvò dopo mesi e mesi di cure e di costante riabilitazione. Ma non tornò più come prima. E anche lei, purtroppo, se ne andò portando il marchio vergognoso di quella casa di cura.

Quando rimasi incinta per la quarta volta sentii che qualche cosa si sarebbe definitivamente guastata dentro di me. Quella gravidanza era sommamente rischiosa. Cominciai a soffrire terribilmente, tanto che dovetti passarla per forza in ospedale. Avevo già un fibroma uterino e non lo sapevo. Quindi, duplici erano le complicazioni. Purtuttavia cercai di portare le mie sofferenze senza darlo a vedere, solo che avevo voglie strane, come quella, per esempio, di odorare l'alcool. Da una infermiera compiacente ne ottenevo un batuffolino ogni tanto, e ciò mi dava sollievo.

Ma l'attesa era esasperante, i maltrattamenti inumani e, un giorno che ero particolarmente depressa, presi quel batuffolino e lo buttai su un mucchio di immondizie. Poi vi diedi fuoco. Volevo bruciare l'ospedale. Per fortuna non successe nulla, ma me ne dettero la colpa e fui isolata.

Passai quei nove mesi in uno stato generale di depressione. Il bimbo non doveva nascere bene, secondo me. Ma ormai non aspiravo più a nulla.

All'ottavo mese, il dottor G., che al principio aveva cercato di farmi abortire, mi mandò a chiamare e mi disse: «È ora che tu vada in maternità».

Io ritenevo che fosse presto: avevo bisogno di cure e lì non me ne avrebbero date. In più, sapevo bene che cosa aspettava, negli altri ospedali, i dimessi dal Paolo Pini. Comunque, stetti al suo parere e andai al Niguarda. Mi si guardò subito con sospetto. Poi la suora, che aveva un piglio non propriamente umano o cristiano, mi disse: «Oggi passeremo per farti partorire».

«No!» dissi io, «non è ancora giunto il momento.»

E difatti avevo ragione. Non volevo in alcun modo uccidere la mia creatura. Ma la suora insisteva e mi guardava con un ghigno sadico. Io, che ero già sofferente nel fisico, non trovai altra scelta che fuggire di lì, per salvare il mio bimbo. Raccolsi la mia povera roba.

Ma mi presero subito e mi mandarono al neurodeliri, cella ancora più rigorosa dell'ospedale psichiatrico, dove c'erano pochi metri quadrati per muoversi e nessun dialogo, nemmeno col dottore.

Al neurodeliri rimasi ancora un mese, ché veramente non era giunto il momento del parto. E in tutto quel mese non facevo che piangere perché non c'erano donne in quel reparto, ma solo giovinette e qualche infermiere che non capiva nulla di ginecologia.

Finalmente, un giorno, persi le acque e andai angosciata a dirlo ad un infermiere.

«Vieni» mi disse. «È il momento. Ti porto di sotto.»

Per precauzione fui fatta partorire in un locale singolo, lontana dagli occhi della gente perbene, e fu, quello, un parto pilotato sommamente laborioso e doloroso, tanto più che la piccola era completamente soffocata dal cordone ombelicale.

Ma finalmente venne alla luce e io volevo prenderla tra le braccia e baciarmela e poterle dimostrare la mia gratitudine di essere ancora viva dopo tante peripezie ma me la levarono subito di torno e mi riportarono alla neuro. Lasciandomi là, sporca, con tutto il bisogno delle cure del caso. Per parecchio tempo della bambina non seppi più nulla, finché un giorno, col seno colmo di latte e una vera tempesta nella mente, non mi alzai come una tigre dal letto ed entrai di botto dal primario e l'apostrofai così: «O tu mi dai mia figlia o io ti ammazzo».

Fu quella, credo, la prima volta che impazzii davvero. Ma il buon uomo capì immediatamente, e dopo avermi dato un tranquillante ordinò che la piccola mi fosse portata.

«Sono forse una bestia io, che non posso dare il latte alla mia bambina?», continuavo ad urlare.

«Ma no!», mi disse il medico «non è questo. È che tu hai sempre preso pastiglie e il tuo latte può non essere idoneo per la piccola. Può farle male.»

Comunque, il latte dovettero levarmelo e quella fu la più dolorosa operazione morale che avessi mai subito dall'entrata in quel terribile luogo.

Dopo tre giorni mi dimisero col mio roseo fardello che sorrideva, quieto, ignaro di tutte le brutture della vita.

Ma qualcosa di ancora più grave mi aspettava a casa. Col tempo mio marito aveva perso ogni affetto per me e quando gli feci vedere la bimba non la guardò neppure. Io ero così stremata, avevo tanto bisogno di lui: dovevo accudire la bimba che piangeva in continuazione.

Un giorno mi disse: «Senti. Tu non stai bene. E, d'altra parte, mi sei venuta a noia. La bimba non so veramente di chi sia. Quindi, portala al brefotrofio».

Mi sentii schiaffeggiata nell'anima.

Ma stavo anche tanto male. La lunga odissea passata al manicomio e poi al neurodeliri mi aveva completamente prostrata. Presi quella dolce bambina che era così gracile, che altro non mangiava che acqua e zucchero, e la portai in viale Piceno. Poi, dopo averla raccomandata al medico, e non avendo più motivo di vivere, tornai a ripresentarmi al manicomio dove avevo deciso di trascorrere il resto dei miei giorni e, semmai, di morire. Avrei dato la mia vita per tenermi mia figlia, ma altri me l'aveva impedito.

Ma il destino volle che io guarissi. Ma intanto lei è stata adottata e non la vedo ormai da cinque anni.

Molta gente leggendo questo esiguo libretto si domanderà che ruolo avesse in quel tempo mio marito e tutta la mia famiglia: nessun ruolo. E una ragione esiste. Al momento dell'internamento, l'ammalato sente sopra di sé il peso della condanna, condanna che non può non riversare sulla società tutta ed anche sui congiunti. I parenti invece avvertono questa repulsione come uno stato di malattia e "cercano di stare alla larga", anche perché non è detto che non abbiano un vago o profondo senso di rimorso. I più impreparati non si aspettano certo che il manicomio sia fatto in quel modo e, a modo loro, riportano degli shock. Ma le vere vittime restiamo pur sempre noi, perché una volta a casa ci sentiremo sempre rinfacciare quella degenza come un fatto giuridico, e non di malattia. Insomma, il malato è un gradino più su di colui che è stato in galera. Io ho sentito, ad esempio, una frase detta appunto da un componente della mia famiglia: «In manicomio facevi ciò che volevi». Come a dire che ero sgravata da ogni responsabilità. Ma il concetto è talmente sproporzionato e travisato che non vale la pena di soffermarvisi sopra.

Ho dimenticato di dire che proprio al centro del giardino c'era una botteguccia che noi chiamavamo "lo spaccio". Consisteva in una specie di negozio dove si vendeva di tutto, dai francobolli ai bottoni. Le povere malate vi si recavano (naturalmente quelle cui era permesso) per procurarsi le cose più indispensabili. Ma io ci andavo per curiosità o per bermi un caffè da cento lire (le cento lire le racimolavo dagli amici), e per chiacchierare un po' con i degenti degli altri reparti. Tutti avevano un'aria molto rassegnata e sconsolata, ma quel briciolo di libertà ci faceva bene, ci portava a vivere in un'altra dimensione.
Spesso rimanevo allo spaccio fino a tarda ora, fino all'ora di pranzo, e allora la Capa mi

sgridava dicendo che io ero un po' una girandolona. Ma a me, delle sue urla non me ne importava nulla. Invece mi importava di aver raccolto del materiale umano, di avere, qualche volta, compreso, educato e consolato.

Invece una volta mi successe un fatto che direi grave, per ciò che mi riguarda. Un pazzo scappato da una cella di contenzione entrò furibondo nello spaccio e mi assaltò stracciandomi tutte le vesti e baciandomi forsennatamente con la sua bocca bavosa. Venne subito allontanato e percosso. Ma a me restò nel cuore un misto di orrore e di pietà per quel povero uomo, che ancora non riesco a dimenticare.

Come ho detto, dieci anni sono molto lunghi a passare e di ogni secondo, di ogni briciola di tempo, vorrei potere avere un preciso ricordo. Ma le cose non andarono così perché ogni tanto cadevo in confusione e vi rimanevo per mesi e mesi, e di quel tempo non ricordo nulla.

In tutto, comunque, feci ventiquattro ricoveri perché molti furono i tentativi di dimettermi e di farmi tornare nel mondo dei vivi. Di fatto, quando venivo dimessa reggevo bene per qualche giorno; poi tornavo a immelanconirmi, a non mangiare più e ad essere tormentata nel sonno, e non riuscivo a procacciarmi anche le più piccole necessità, di modo che dovevo essere nuovamente ricoverata.

D'altra parte, non sentivo alcun legame affettivo col mondo di fuori e non mi dispiaceva nemmeno di lasciare la mia casa. E se qualche volta pensavo ai miei figli, lo facevo come se fossero distanti non so quanto dal mio pensiero. Ma nel mio cuore erano invece ben vivi e presenti.

La mia figura di madre era quanto mai incerta. Alle volte agivo come una bambina. Alle volte mi dimenticavo dei miei fanciulli e diventavo io stessa la figlia di me stessa. Una volta mia figlia maggiore mi disse: «Dacché sei ricoverata qui dentro ho imparato a farti da madre».

La cosa mi colpì come una fucilata in pieno petto. Come osava dirmi una cosa simile? Anche se minorata, le mie viscere erano comunque mature per una generazione, e lei ne era stata la prima conferma. Da quel momento la odiai e non volli più che venisse a trovarmi. Mi pareva inferiore alle mie aspettative. In poche parole, avevo trasferito su mia figlia il concetto di madre che tanto pesava sopra la mia coscienza.

Il giardino d'estate era pieno di uccelli: io pensavo a quanto la natura non riuscisse, suo malgrado, a falsare il segno della sua innata bontà. Anche se noi percepivamo quei suoni come si potrebbero percepire in un Eden, dove tutto è possibile e impossibile, pure il sentirci controllati dalla natura, il sentirci serviti dai suoi concetti, dal suo clima, ci faceva gran bene al cuore, e, così, l'erba verde ci parlava di fiducia, e così i fiori, e così i ruscelletti che si aprivano dolcemente in mezzo a qualche piccola aiola, e così il cielo tutto.

Ma la luna, oh quella luna corrotta che gravava sopra di noi la sera!, quella, sì, era una luna pesante. Pareva diversa dalla luna che avevamo conosciuto nel mondo; una luna sghemba, irrisoria, che pareva volesse continuare a schernirci anche nel cielo.

Anche in quei momenti, cessato ogni brusio di fuori, non ci rimaneva che la nostra povertà, la nostra vera, cieca, infinita povertà. E un giorno eguale agli altri. E non notti romantiche dove i pensieri sbocciavano. Non la forza della felicità.

In quei momenti tutto diventava pesante e terrificante e la luna era meglio fuggirla come colei che avesse potuto detenere il potere di far partorire i versi, ma non dal grembo, bensì dal nostro cervello.

Così io vivevo tutta quella grazia intoccabile della mia natura.

La faccenda della T. mi lasciò alquanto perplessa.

Perché facevano certi tipi di discriminazione? E che cosa avrebbe fatto quella povera donna, in balia di se stessa e della sua tossicodipendenza?

Ritornò infatti qualche giorno dopo a ritirare le ultime cose rimaste e mi guardò con aria di sfida.

«Se credono di farmela» disse, «si sbagliano di grosso.»

Ma io non sapevo che dirle. Capivo che quella sua specie di violenza verbale altro non era che insicurezza e, forse, una gran voglia di piangere.

«Dove andrai adesso?», le chiesi.

«Oh, da mia figlia.»

«Ma tua figlia sa?»

«Certamente», disse la T. «Io deve per forza accettare perché, infine, si tratta della mia vita.»

La T. non la rividi più. Ma mi rimase nel cuore un profondo senso di malinconia.

Le ore in quel tristissimo luogo non passavano mai. Ci allineavano su delle lunghe pancacce, tutti noi con le facce eguali, amorfe; e guardavamo per terra come le condannate a morte. Non ci davano mai nulla da fare. Le infermiere non ci guardavano mai. Solo ogni tanto compariva nella sala il carrello delle terapie, con la solita infermiera abbastanza gentile, che ci guardava sotto e sopra la lingua per vedere se le pastiglie le ingurgitavamo davvero: una cosa riprovevole. Alcune vecchiette poi mangiavano le supposte ricavandone effetti sconvenienti. Ma ogni giorno quel passaggio, quella tortura da purgatorio, anzi da girone dell'inferno, ci toccava e noi dovevamo subirla.

Io non sapevo più nemmeno di essere una donna. Mi ero completamente scordata del sesso. Ricordo che una volta il professor F. mi aveva detto che in un malato la testa può essere scambiata per un enorme grosso organo genitale. Credo che fosse proprio così, perché avevo perso anche il mio narcisismo.

Ma l'anima si rarefaceva ogni giorno. Ogni giorno diventavo più spirituale e, da quell'immensa vetrata, da quel grande lucernario che illuminava la sala, qualche volta vedevo scendere gli angeli. Quando lo dissi al medico delle terapie mi dette una forte dose di Serenase contro le allucinazioni.

Le soperchierie che vidi là dentro non si possono raccontare. Sono mostruose.

Molte vecchiette vennero fatte morire a forza di sedativi, e io bagnavo loro le labbra e capivo che non potevano parlare. La loro sofferenza doveva essere atroce. Ma una volta, in un impeto di rivolta, incendiai l'ospedale: avevo in mano dell'alcool e vi detti fuoco, pronta a morire. Non fui scoperta e non fui punita, ma cominciai da allora a nutrire un odio feroce verso tutti e tutte le cose.

Cominciò tra me e il dottor G. un tenerissimo rapporto fatto di sguardi, di sottintesi, di insegnamenti accorti. Il dottor G. era fermamente convinto che io non fossi malata di mente, ma che da bambina avessi subito un violentissimo trauma, e che quello continuasse a darmi fastidio, aggravato, poi, dalla severità del manicomio.

Era, questo dottore, uno che cercava in ogni modo di spiegarmi in simboli; anzi di chiarire i simboli che passavano o si mimetizzavano nella mia mente.

Un giorno, senza che io gli avessi detto mai nulla del mio scrivere, mi aperse il suo studio e mi fece una sorpresa.

«Vedi» disse, «quella cosa là? È una macchina per scrivere. È per te per quando avrai voglia di dire le cose tue.»

Io rimasi imbarazzata e confusa. Quando avevo scritto il mio nome e chi ero, lo guardai sbalordita. Ma lui, con fare molto paterno, incalzò: «Vai, vai, scrivi».

Allora mi misi silenziosamente alla scrivania e cominciai: "Rivedo le tue lettere d'amore...". Il dottor G. si avvicinò a me e dolcemente mi sussurrò in un orecchio: «Questa poesia è vecchia. Ne voglio delle nuove».

E gradatamente, giorno per giorno, ricominciarono a fiorirmi i versi nella memoria, finché ripresi in pieno la mia attività poetica.

Questo lavoro di recupero durò circa due anni.

Il dottor G., sempre più convinto che alla base della mia psicosi ci fosse un trauma, cominciò la cura del Pentothal. Il Pentothal non è altro che il siero della verità che, dato in dosi leggerissime, può dare uno stato euforico e spingere il soggetto a fare delle confessioni inaudite, venendo meno col suo effetto ogni censura. Io, sotto il Pentothal urlavo e mi dibattevo dichiarando che un uomo mi spaventava, e urlavo urlavo di raccapriccio, finché il dottor G., vedendomi esausta, sospendeva la cura. Questo trattamento durò parecchio, ma diede scarsi risultati, sebbene riuscisse a tenere in efficienza la mia memoria e il mio intelletto.

Ciò che mi riusciva incomprensibile è come fossi capitata in quel luogo, e che odio mai avesse potuto ispirare mio marito a chiudermi in una casa di cura. Quella mattina gli infermieri mi avevano chiamata, mi avevano denudata e rivestita di una camicia e di un vestaglione anonimi.

Soffrivo terribilmente dentro il mio spirito. Avrei voluto gridare, ma la rivolta non veniva. Ero diventata acquiescente, quasi passiva. E ciò dopo poche iniezioni di Leptozinal. Solo più tardi seppi che questo farmaco si usava su soggetti malati di violenza. Ma io, che violenta non ero, io, che ero di natura buona e tranquilla, che segni avevo potuto dare? Forse di incertezza... Non so.

Ci presero le impronte digitali accompagnando le nostre dita sopra dei fogli luridi e, a un tratto, tutto, intorno a me, cominciò a girare vorticosamente: quella ribellione che avevo dentro, diventò sofferenza così acuta e insostenibile che, invece di gridare, svenni. Mentre venivo portata via ho sentito chiaro e distinto l'urlo di una degente che diceva: «No! A me non potete fare questo!».

Ma tutto ciò mi pareva scontato, come scontata poteva essere la crocefissione dell'Uomo.

Mi misero a letto, ma nessuno mi carezzò la fronte. Anzi mi legarono mani e piedi e in quel momento, in quel preciso momento, vissi la passione del Cristo.

Mi risvegliai due giorni dopo, colla testa pesante e il vuoto dentro. Guardai quei letti putridi che parevano fatti di veleno; quei cuscini su cui forse il riposo non era mai disceso, e cominciai a piangere silenziosamente, aggrappata alle sbarre della mia finestra.

Le altre malate mi guardavano con feroci ghigni e mi veniva in mente, vedendole, quella Rina Fort che si era macchiata di un così orrendo delitto. Cercai di non farmi vedere. Andai al gabinetto e vi rimasi alcune ore, sola, sola e presente a me stessa.

Più tardi, forti colpi alla porta mi destarono da quel torpore. Erano gli infermieri che si erano accorti della mia assenza e venivano a riprendermi. Naturalmente mi riportarono a letto e mi legarono di nuovo.

Resto ancora perplessa oggi, dopo venti anni, di come fosse possibile ad un essere umano travisare certe cose.

Quello stesso giorno mia sorella accompagnata da mio marito venne a reclamare il mio corpo, se così si può dire. Disse che era stata una indecenza, che si trattava di uno sbaglio. Ma io ero così traumatizzata, spezzata, rotta dentro, che non volli seguirli più. Mi accoccolai ai piedi del letto e cominciai a guaire proprio come un cane. Nelle malattie mentali la parte primitiva del nostro essere, la parte strisciante, preistorica, viene a galla e così ci troviamo ad essere rettili, mammiferi, pesci, ma non più esseri umani. Dice bene Kafka nella sua *Metamorfosi*. Così capita a chi viene condotto in manicomio. Così capita a colui che, a un tratto, ha il capovolgimento delle sue facoltà. Così capita ai martiri che attraverso la chiusura del proprio corpo, vedono finalmente sprigionarsi l'anima, in un aspetto più libero.

Cominciai ad abituarmi a quel tipo di esistenza. Ogni giorno una ciotola di minestra. Ogni giorno le fascette alle caviglie e ai polsi. E poi nulla; non una tendina, non una tovaglia, non un piatto che potesse definirsi domestico.

Io, quando scrivo, è come se dormissi ed entrassi nel profondo della mia anima. Mi fa paura il risveglio, il contatto matematico, aggressivo con la realtà dalla quale vorrei finalmente slegarmi.

Così cominciò anche il mio silenzio. Con quelle orribili facce io non scambiavo parola mai; e non avevo bisogno di nulla. Solo una gran voglia di sigarette per passare il tempo. Ma non avevo un soldo, e non osavo chiederne a quelle là, che mi sembravano tutte immagini di Rina Fort. Solo io avevo conservato un viso dolce, di ragazzina picchiata e offesa. In quella enorme vestaglia, dentro a quella enorme vestaglia sarò pesata sì e no trenta chili.

Un giorno un medico comparve nella nostra sala. Era ben vestito, aveva modi educati, e mi guardò a lungo. Era anche un bell'uomo. Mi domandò chi fossi. Ma non gli risposi.

«Vuoi venire nel mio studio?», mi disse.

Io annuii e cominciò la cosiddetta "psico-terapia", fatta con lui e con estremo amore da parte di quell'uomo, che forse fu il mio salvatore. Certo, nei momenti di maggiore angoscia mi rifacevo alla psicoanalisi, e molto mi ha aiutato la simbologia freudiana a dipanare le mie situazioni, i miei fatti inconsci. Ma molto mi aiutò il dottor G. che con la sua terapia della non violenza dava all'ammalato la sensazione di poter essere ancora vivo, o di potere almeno accedere a quella specie di autenticità del vivere cui, di fatto, il malato solitamente aspira.

La nostra caposala era donna bellissima ma nerboruta e dalle dimensioni giunoniche. Aveva occhi verdi di fuoco con i quali ci allineava tutte lungo il muro, e poi faceva l'appello. Io ascoltavo quell'appello con le braccia dritte lungo i fianchi e la faccia china, come avessi ascoltato la mia punizione. E quel fatto mi ricordava il tempo in cui, avendo fatto gli esami di stato, andai a prendere il mio verdetto. Ero stata respinta. Ecco, ora, lì dentro, ogni giorno, ogni ora, venivo respinta dalla società.

Con il dottor G. il dialogo si faceva sempre più sciolto, aperto. Cominciai ad amarlo, e lui mi fece sospendere tutte le terapie. Una volta persino l'abbracciai e gli dissi che l'amavo. Lui sorrise e mi passò teneramente la mano sui capelli. Chiese anche dei permessi per me, perché potessi uscire. Ogni giorno poco per volta. E così tornai a incontrare le margheritine, le violette. Dio!, come baciai quell'erba la prima volta che la vidi! Credo che la mangiai di baci. Credo che me ne riempissi lo stomaco. Avevo fame di cose vere, naturali, primordiali; avevo fame di amore. L'avrebbero mai capito gli altri?

E quel giorno incontrai anche un malato che mi disse che ero bella.

Fu un giorno felice. Potevo mai essere bella con i capelli così acconciati, con quel vestaglione azzurro, con gli zoccoli ai piedi? Ma l'ammalato si chinò su di me dolcemente e mi diede un bacio, un lunghissimo bacio di amicizia su una guancia vellutata, di pesca, quella di una bambina.

In quel manicomio esistevano gli orrori degli elettroshock.

Ogni tanto ci assiepavano dentro una stanza e ci facevano quelle orribili "fatture". Io le chiamo fatture perché non servivano che ad abbrutire il nostro spirito e le nostre menti. Più di una volta il dottor G. venne a prendermi per un braccio e a portarmi via da quel supplizio. Io cominciavo a piangere e poi finivo col pisciarmi addosso, tanta era stata la paura.

Per il resto le altre ammalate cominciarono ad odiarmi. Le cure che mi prodigava il dottor G. a loro sembravano eccessive. Non riuscivano a capire chi fossi, e in fondo mi disprezzavano.

E invece io le ripagavo di grande, infinito amore perché ancora oggi amo i malati di mente. E c'era una vecchia che quando mi passava davanti mi mollava dei sonori ceffoni. Ma io quella mano gliela prendevo e gliela baciavo perché poteva essere la mano di mia madre che persi in tenera età.

La Z. invece era una ragazzona strana. Aveva degli atteggiamenti di omosessualità, e aveva preso ad amarmi in modo sconsiderato. Io ero infastidita da questo, e la cosa mi faceva schifo. Ma avevo anche paura di lei, perciò le rispondevo sempre. Ma non potevo chiedere protezione ad alcuno. Una volta costei mi si denudò davanti e ne provai un ribrezzo così profondo che stetti male tutto il giorno.

Non avevo intorno che un senso di buio e di incertezza. L'inquietudine era soverchia. Paralizzava persino i miei movimenti. E ciò non ostante, credo che dentro quel buio avrei trovato una via di uscita.

Tendevo l'orecchio ai possibili rumori, ai suoni, al disegno dell'alba. Ma nulla che venisse a travolgermi, a coinvolgermi. Il mio guscio doveva essere di durissimo osso, impenetrabile. E allora mi accoccolavo per terra, vinta, ma con il proposito di tornare a combattere. Quella non era che una pausa; non poteva essere che una pausa segreta. Io volevo che la vita mi toccasse, che mi desse i suoi contatti così travolgenti. In quel momento avevo perso anche l'idea del peccato; pertanto mi era saltata anche questa censura. E così, accoccolata per terra, pensavo che si trattasse di una condizione provvisoria: non avrei mai immaginato che questa condizione avrebbe trapassato il tempo come una lama, che l'avrebbe persino scalfito. E così tante volte piangevo per tristezza, per incapacità, per quel lieve vento crudele che veniva a raggelarmi la fronte. Ma l'istituto era un luogo di pena grande, dove il carrello passava per farti credere in un aiuto che non esisteva. Allora saltavo come un animale dal mio luogo di riposo e correvo, correvo verso il carrello, e lo rovesciavo, e poi certamente venivo punita con forti dosi di Largactil. Ma non volevo che le altre malate prendessero quelle porcherie; non volevo che credessero nella salvazione attraverso i farmaci. E così ero considerata una ammalata ribelle.

Giornalmente le infermiere facevano il loro rapporto scritto. Dicevano, per ognuna di noi, come avevamo passato la notte; se avevamo "disturbato". Il disturbo consisteva nell'insonnia, nell'angoscia. Queste cose disturbavano noi, non le infermiere. Ma noi eravamo esseri capaci di dare "disturbo", e ciò veniva segnato con puntualità. Non avevamo dato il tempo alle infermiere di imbellettarsi a dovere, di depilarsi le gambe, e così, povere noi, avevamo la punizione della giornata. Ci era proibito tutto; anche di soffrire d'insonnia. E l'insonnia spesso ci visitava, come visita qualsiasi persona su questa terra. Era una insonnia strana, forse perché non eravamo stanche. Comunque era insonnia, e lì si curava con pesanti elettroshock. Perciò molte notti stavo a guardare il soffitto e non dicevo nulla. Ma verso l'alba, dopo una notte bianca, silenziosamente piangevo.

Avevamo un medico di guardia che pareva uscito dalle file delle SS; di fatto, quest'uomo dalla grossa testa che pareva un melone, e che era di origine germanica, aveva una crudeltà senza limiti, e un senso del sadismo veramente infantile e patologico. Gironzolava tutto il giorno con la sua bicicletta mandando sguardi furtivi al di là di ogni siepe, per vedere se qualche malato era "passibile di punizione". Era un essere esecrando che a un certo punto si innamorò dell'infermiera del nostro reparto, della più bella, della più bionda. E questa era talmente timida e spaventata da quell'omaccione che, quando lo vedeva, cercava di scappare. Ma lui aveva un fare così untuoso, proprio come il Mangiafuoco di *Pinocchio*, che a lei non rimaneva che stare ad ascoltare, con gli occhi bassi, fissi sul carrello dei medicinali, e ascoltava delle profferte d'amore che saranno state anche oscene, o che forse volevano essere dolci, ma, dette da labbra così sottili e sarcastiche, non potevano che nascondere la vigliaccheria. E quest'uomo ogni giorno veniva nel nostro reparto per lei, e tutti ne eravamo sconvolti finché, grazie a Dio!, un giorno si capovolse sulla sua bicicletta e morì sul colpo. Quando si dice la giustizia di Dio...

Quest'uomo crudelissimo, quando uno di noi stava male, cominciava a propinargli medicinali, in misura, in quantità degne di un cavallo. Apparteneva ovviamente alla vecchia psichiatria dove i malati venivano legati con aggeggi di ferro ai polsi e alle caviglie. Ne ho proprio vista ieri una raccolta davvero edificante. Questi arnesi vennero poi sostituiti dalle fascette di canapa, egualmente mortificanti e costrittive. Ma anche i medicinali avevano lo stesso effetto di offendere e di abbrutire il malato. E a questa tremenda e silenziosa consegna, quest'uomo era estremamente fedele.

Testimonianza della signora B. di Milano,
degente al Paolo Pini di Affori,
ora in stato di stupore...

Venni ricoverata in seguito a una febbre dovuta a tubercolosi intestinale. Soffrivo moltissimo e di notte ebbi una visione di tipo religioso (io sono terziaria laica). Chiesi a Dio di soffrire moltissimo per suo amore. E iniziò la mia odissea: non l'avessi mai chiesto!

Venni quindi ricoverata in manicomio dove cominciarono a propinarmi punture e pillole dall'effetto violentissimo, per togliermi il cosiddetto "delirio" religioso. (Questo lo posso testimoniare anche io. Le punture in oggetto erano a base di Largactil, di Serenase, farmaci che producono effetti tremendi in quanto paralizzano i plessi nervosi centrali.)

Quando mi alzavo – continua la signora B. – *a chiedere ristoro perché soffrivo in modo in-*

credibile, venivo invariabilmente legata e maltrattata.

Ho captato una frase, in manicomio, che diceva testualmente «in manicomio ai malati di mente si può fare qualsiasi cosa...».

Comunque, ridotta in quello stato, fuori non potevo più stare. (Anche io, Alda Merini, dopo una cura violentissima di Serenase, quando fui dimessa ebbi un collasso e fui di nuovo ricoverata per disintossicarmi.)

Ci abituarono quindi ai farmaci, riducendoci a farmacodipendenti e asserendo che se non prendevamo quei farmaci non saremmo sopravvissuti. La nostra mente debole in quel momento non poteva non accettare una simile schifosa affermazione...

Io, personalmente, portai in manicomio due gravidanze. Al momento del parto venivo regolarmente mandata al "neurodeliri", per precauzione. In realtà erano gli altri che temevano da me chissà quale impossibile reazione. Così partorii legata per ben due volte, non potendo minimamente gridare o piangere. Perché nei manicomi è severamente proibito far chiasso o esternare le proprie paure. Così ci comprimevano e facevano di noi dei frustrati sempre più gravi.

La signora continua...

Io lavoravo di cucito e mi commissionavano in ospedale lavori sempre più difficili e complicati senza pagarmi mai; con la scusa che ero malata non avevo diritto ad alcuna gratificazione. Venivo trattata col "tu", non essendo persona passibile di alcuna dignità umana. Quel tu io lo subivo come uno schiaffo in pieno viso. Ma anche tutti gli altri degenti venivano trattati allo stesso modo, e per questo non osavo fiatare.

Le infermiere, donne di nessuna cultura, che non avevano mai saputo né sentito parlare di Freud, ci trattavano come delle schiave.

(La signora mi ha vivamente pregato di portare a Radio A., dove appunto ieri ho parlato di queste cose, questa confessione, pregandomi di non fare il suo nome, dalla quale cosa ho capito che la signora in questione è semplicemente terrorizzata.)

Dunque, le infermiere non avevano altro compito che di legarci e di proibirci l'uso dei fiammiferi, dei coltelli, delle forbici, di tutto ciò che "poteva farci male" (o far male a loro?).

Di solito queste buone donne passavano la giornata imbellettandosi, o lisciandosi le gambe e parlando di amori, di viaggi, di vestiti, incuranti del fatto che noi eravamo presenti. Qualcuna rac-

contava anche i suoi problemi e le sue avventure con gli amanti...

Qualcuna, anzi, tutte rubavano. E le più riversavano la colpa sopra di noi, dopo di che venivamo severamente punite. Una volta io, Alda Merini, rubai un paio di ciabatte (ne avevamo di semplicemente orribili), e queste ciabatte diventarono lo scandalo dell'ospedale. Da allora venni chiamata ladra, di fronte a tutti. E questo per diversi mesi. E fui segregata in uno stanzino di sicurezza, perché non rubassi più. Quando il dottor G. mi chiese perché l'avevo fatto, io risposi che quelle ciabatte mi ricordavano le ciabatte di mia madre, di cui sentivo tanto il bisogno. Non ero quindi ladra, e venni liberata. Ma per quelle ciabatte subii un vero e proprio interrogatorio.

Leggevo ieri su "la Repubblica" che Basaglia, chiudendo i manicomi, per un certo senso ha fatto male. È vero: al modo come ci hanno ridotto nella società, non ci riesce più di vivere, anche perché la società ci è ostile.

Comunque, torniamo al racconto. Racconta testualmente la signora B.: *una volta una infermiera dell'O.P. venne a casa mia a mettere tutto a soqquadro, a gridarmi in modo violento, dandomi del tu. Io ero del tutto annichilita. Sentivo che quella specie di animale non poteva trattarmi a quel modo, ma non opponevo resistenza. Dopo di che mi diede del lavoro da fare dicendomi che non mi avrebbe pagato. Io sono maestra di ricamo e mi faceva dolore che il mio lavoro venisse così dissacrato...*

Dopo la chiusura dei manicomi, a Milano sono stati aperti dei centri di assistenza che vengono chiamati "manicomietti". Ci vado anche io perché ho bisogno di parlare con qualcuno, non perché vi sia obbligata. Una frase della nostra assistente: «Noi i pazienti non li cerchiamo, devono venire da loro a chiederci aiuto», è, questa frase, ingiusta e fa leva sul nostro senso di debolezza. Sicché, noi dobbiamo passare la vita a chiedere aiuto, ossia farmaci, ossia dipendenza; della qual cosa ci vorremmo invece liberare.

La Z.

La Z. veniva spesso a trovarmi nella mia camera e portava fiori vari, margheritine, ranuncoli; o soltanto un sorriso sornione, che voleva essere grazioso e che riusciva solo ad essere repellente.

Questa enorme ragazzona, che aveva i tratti della schizofrenia così chiari sul volto, con quelle mani da uomo, quelle gambe lunghissime e piene di peli, a me faceva gran soggezione. Si sentiva, vicino a lei, il sentore del sesso, di un sesso vistoso e privo, comunque, di amore. Io ne avevo paura. Quando entrava nella mia cameretta, mi raffazzonavo contro il muro e cercavo di guardare a terra perché lei non tornasse a dirmi: «Hai dei bellissimi occhi verdi», con tono infuocato. Guardavo a terra e mormoravo, sotto sotto, alcune preghiere. Per così dire, facevo gli scongiuri. Ma lei veniva a sedersi sul mio letto e cominciava a pormi ai lati le margherite. E poi mi guardava a lungo, e mi studiava, e infine usciva con qualche complimento osceno. Altrimenti mi gridava contro dicendo che io la perseguitavo, che il suo amore per me la tormentava.

Eccomi, lì, accanto a lei, senza alcuna voglia né di capire, né di reagire. Era diventata la mia ombra, la mia ossessione, la mia paura segreta. Questa donna mi portava male. Ogni volta che la vedevo entravo in crisi. Eppure, alle volte dovevo dipendere da lei perché aveva un amante molto facoltoso e perciò le chiedevo denaro.

Per tutto il tempo che rimasi dentro ebbi la persecuzione viva, presente della Z., tanto che a un certo punto mi divenne famigliare, ma come un'altra brutta me stessa che non riuscivo a togliermi dalla memoria.

Le infermiere ridevano di questo strano rapporto, e non immaginavano quanto male potesse farmi. Ma io non potevo dire a nessuno di queste oscure violenze. E la Z. mi avrebbe certamente schiaffeggiato, se solo avessi fatto il suo nome.

Una volta si scoprì le gambe e mi fece vedere le cosce. Cominciai a vomitare, e lei se ne andò sbattendo la porta, dicendo che non ero femmina. Oh, quanto fossi femmina, e gentile, lo sapevo solo io; solo io sapevo quanto amore avevo dentro nel cuore, ma non quella specie di amore così sozzo, così puttanesco. Io amavo il genere umano, amavo me stessa; perlomeno ciò che mi era rimasto dentro. E poi... quella larva di donna, così impregnata della sua malattia... Credo che la Z. fu la peggiore marionetta che sia mai comparsa sul mio teatro.

Un giorno la Z. mi comparve davanti con la faccia stravolta e mi disse: «Vieni nella mia camera».

Io la seguii non aspettandomi nulla di particolare, se non le solite confessioni di cose reazionarie, che accadevano soltanto nella sua testa. Invece, una volta nella sua camera, la Zita si denudò e mi disse: «Adesso tu devi fare all'amore con me».

Io rimasi alquanto sconcertata. La guardavo per il lungo, senza alcuna sorpresa. Da troppo tempo a me il sesso non diceva più nulla, ma quella vagina prepotente e vogliosa pareva volesse parlare e lanciare invettive verso di me.

«Non posso, Z.», le dissi. «Non posso proprio. Credimi. E poi non lo trovo giusto. Non ti ricordi che siamo in un ospedale?»

«Ospedale un corno!» mi rispose lei. «Io voglio godere come tutte le altre donne. E, anche tu del resto, con quella tua aria da santarellina, come hai fatto a fare i tuoi figli?»

Non avrei potuto spiegarglielo. E sentii una profonda malinconia invadermi il cuore. L'amore, quello che io avevo sentito per mio marito, era una cosa così diversa da quella volgare esibizione!

Tuttavia compresi che la Z. si trovava anche sotto uno stato di eccitazione psichica. Ma non volevo chiamare le infermiere.

«Vieni», le dissi dolcemente, «ti porto a letto.»

La Z. mi appioppò un sonoro bacio sulla bocca credendo che io sarei stata alle sue voglie morbose. Invece io la feci adagiare sul fianco e presi a farle aria, come si fa con i bambini.

«Vuoi vederla?, vuoi vederla?», insisteva lei.

«No, Z.», le dissi io, «ricordati che sei madre anche tu e che queste cose le devi superare, soprattutto perché sei qui dentro.»

Allora la Z. si mise a piangere, e il suo corpo di ragazzona infelice pareva squassato dal terremoto.

Dopo di che si acquietò, e, finalmente, riuscì ad addormentarsi.

Invece io non riuscii a chiudere un occhio. Quell'orribile visione della vagina della Z. richiamava alla mia memoria strani ricordi di masturbazioni infantili e di violenza, di cui riuscivo a parlare solo col dottor G.

Passai una notte insonne. Da una parte, compativo quella ragazza, e, dall'altra, ero sconcertata davanti ai panorami sessuali che andavo vedendo durante la veglia. Il Mogadon non mi sarebbe servito a nulla. E allora? Come potevo cavarmela? Meno male che l'invidia del pene taceva nel mio inconscio, e ciò mi rassicurava un poco. Ma ad un tratto apparve anche lui nella mia immaginazione, e allora fu un tripudio di immagini erotiche e terrorizzanti, per cui mi misi a gridare, e in modo così violento che accorsero gli infermieri, e mi ci vollero tre buone iniezioni di Valium per farmi dormire.

A un tratto, tra i veli del sogno mi parve di vedere il dottor G., e mi parve anche di udire la sua voce che diceva: «Brava, forse ci siamo».

Dopo la Z. un'altra persona venne a farmi compagnia, e fu la D. Uscita da una famiglia di pazzi, pazza ella stessa fino alla violenza, possedeva delle pulsioni carnali che ti facevano rabbrividire. Era chiaramente lesbica. E anche lei mi prese di mira.

Donna bellissima, poteva somigliare ad una Cleopatra, con un passo felino ardente. Tutti gli uomini, tutti gli infermieri si voltavano a guardarla quando passava, ma lei rantolava cose oscene con la sua voce da uomo mancato.

Una volta scrissi una poesia alla Z. La D. lo venne a sapere e mi schiaffeggiò davanti a tutti. Fu, questa, una delle tante umiliazioni, che però, patite da gente senza coscienza, bruciavano poco. Quanto avrebbe dovuto bruciare, poi, la sopraffazione degli incoscienti, una volta uscita dal manicomio!

Comunque, la D. aveva trovato un modo strano per punirsi. Chiaramente masochista, andava in giro con pesanti catene intorno ai fianchi e suonava come un somaro che va al mercato.

Non era possibile ricuperarla. Andava avanti a forza di Leptozinal, che era quanto di più potente ci potesse essere tra i farmaci a disposizione dell'ospedale. Ma una volta, con una pedata ruppe l'anca a una povera maestra in pensione. E lo strano fu che tutti compiansero la sua ferocia, e non ebbero una parola di pena per quella poveretta, del resto in piena salute mentale. Così, cominciai ad odiarla anche io e, poco per volta, volli studiare il sistema di come si facesse a diventare perversi.

Ma tra di noi malati c'era una specie di solidarietà. Quando una di noi taceva; era chiaro che stava male; e allora si prendevano dei veri e proprii provvedimenti: o si chiamava il medico, o si cercava in ogni modo di far ridere la nostra compagna.

Di solito le sofferenze erano molto forti. Forme di angoscia, effetti collaterali delle medicine, tutto concorreva a far sì che fossimo soggetti a malori continui, per cui spesso, se il male non passava, si veniva anche puniti. Ed era questo, proprio, che tutte noi cercavamo di evitare, soffocando i nostri malesseri, i nostri sensi di angoscia, le nostre aggressività.

In un certo mese, dopo cinque anni che io ero degente, il dottor G. venne improvvisamente trasferito, e grande fu il panico che io sentii dentro di me. Ormai lo consideravo un po' un padre, e mi sentivo particolarmente protetta dalla sua presenza. Allora il dottor N., che mi aveva sempre vista di malocchio, ordinò che mi si facessero una serie di elettroshock. E io dovetti sottostare, malgrado non ne avessi nessuna necessità perché non avevo forme né di depressione, né paranoiche.

La stanzetta degli elettroshock era una stanzetta quanto mai angusta e terribile; e più terribile ancora era l'anticamera, dove ci preparavano per il triste evento. Ci facevano una premorfina, e poi ci davano del curaro, perché gli arti non prendessero ad agitarsi in modo sproporzionato durante la scarica elettrica. L'attesa era angosciosa. Molte piangevano. Qualcuna orinava per terra. Una volta arrivai a prendere la caposala per la gola, a nome di tutte le mie compagne.

Il risultato fu che fui sottoposta all'elettro-shock per prima, e senza anestesia preliminare, di modo che sentii ogni cosa. E ancora ne conservo l'atroce ricordo.

La C.

Cleo, in manicomio, era la mia prediletta. Sorella dell'attrice S., era particolarmente bella e sensibile. Soffriva di una forma acutissima di epilessia, per cui spesso si faceva molto male. Ma era così morbida e dolce dentro le sue trine, con quei capelli nerissimi, le tenere anche rotonde e giovanili, quel suo bel visino di fanciulla che ancora non sa nulla del mondo. La C. non sapeva di stare in manicomio, e noi ce la mangiavamo tutti come un cioccolatino. Qualche volta mi si accoccolava tra le braccia, e a me pareva di avere lì una delle mie figliole. Ma poi mi guardava negli occhi e mi diceva: «Tu non sei come le altre. Sì, sei furba. Lo so, io».

Aveva ragione. Nei dieci anni molte cose le avevo imparate e le adoperavo per salvaguardarmi la vita, per difendermi. Ma alla C. questo non era sfuggito, e non è sfuggito neanche agli uomini, dopo.

L'uomo che ci faceva gli elettroshock pareva più un uomo di fatica che un vero e proprio dottore.

Arrivava sempre tardi (tanta era la nostra paura che le ore non passavano mai), e con le tasche piene di arance e di mele che si masticava, poi, nello stanzino, insieme alle infermiere. Non ci domandava mai nulla! Se è vero che da bambina ho avuto un trauma, un uomo siffatto doveva avermi aggredita. E, di fatto, quegli ci aggrediva, ci spingeva dentro, nello stanzino, senza preavviso, ci legava e ci cominciava ad anestetizzare, guardando in alto o ridendo a pieni denti insieme alle infermiere.

E così cominciammo a temerlo. Cominciò per noi a diventare quello il prototipo del "babau". Ma non potevamo difenderci. Non veniva neanche a vederci dopo il risveglio. E fu proprio grazie a questi finissimi accorgimenti che una donna, dopo il quinto elettroshock fatto senza misura né cognizione, impazzì di colpo senza speranza di ricupero.

Aldo invece era il mio coccolone, malgrado il suo metro e ottanta di altezza. Stava dietro il reticolato uomini, aspettando che io passassi. Poi mi chiamava: «Aldina, Aldina. Sono qui».

Io volavo letteralmente da lui, e lui con un affettuoso abbraccio mi sollevava da terra e mi faceva fare una giravolta, incurante degli spini del reticolato. Poi mi poneva a terra e mi guardava a lungo.

«Somigli a mia moglie», diceva sempre.

E io, allora, mettevo la mia mano in tasca e ne cavavo tre sigarette che lui portava avidamente alle labbra tutte insieme. Povero caro Aldo! Una volta uscimmo insieme. Lo lasciarono venire fuori dal reticolato e insieme andammo a sedere su un prato. Lui non parlò mai. Guardava a lungo il cielo con un nontiscordardimé tra le labbra. Io stavo zitta, e pensavo, a tratti, che in lui avrebbe potuto ridestarsi l'uomo.

Ma ero pronta anche a questo. Invece, dopo due ore di silenzio si alzò; si pulì i calzoni; mi prese in braccio e disse: «Sai a che ho pensato, Aldina, in tutto questo tempo? Alle mie figliolette».

In quel momento lo abbandonai per correre a piangere nel mio reparto.

La B. (così si chiamava la nostra caposala) era una donna terribile e, già l'ho detto, non aveva alcuna considerazione per i malati. E noi non avevamo alcuna facoltà di giudizio, non potevamo lamentarci di nulla, anche le malattie fisiche passavano in secondo piano, perché soprattutto eravamo "malati di mente".

Una volta si concesse il piacere particolare di parlare con me, e mi trattò dandomi del tu.

«Davvero tu hai studiato?», mi chiese.

Io annuii.

«E ti ricordi, che cosa?»

«Certamente», risposi io, «ho studiato in modo particolare come si uccidono i poco di buono come lei.»

Fui immediatamente legata al mio letto con le fascette di contenzione, e per una settimana intera rimasi in quella scomoda posizione, senza poter vedere nessuno.

Le inquietudini si alternavano alle inquietudini. Correvo spesso a telefonare ai miei figli, quasi fossi costantemente sul punto di perderli. Ma questo non mi dava alcuna pace. I miei figli li avevo inconsciamente smembrati, si erano persi durante quel mio lungo viaggio in manicomio. Altri avevano voluto che la loro immagine fosse così distorta. Non io. E intanto giungevo al parossismo della nevrosi, perché non sapevo dove collocare i miei affetti.

Gli uomini non mi piacevano e mi ricordavano, sia pure in modo sommario, la figura decisamente lacerante di mio marito. Nei momenti di lucidità, quando cioè ero meno bambina del solito, credevo di dover per forza valicare una certa barriera, ma che ciò mi era materialmente impossibile. Allora andavo addirittura dal direttore del manicomio, esponendogli le mie questioni. E tiravo in ballo anche la interferenza dell'O.N.M.I. nella questione pratica dell'affido dei miei figli. Una parte di verità in questa storia c'era, ed era che l'O.N.M.I. era una organizzazione che si faceva beffe dei nostri problemi umani. Ma, se prima del ricovero non avevo alcuna difficoltà a tenere i miei figli, perché queste difficoltà erano sorte "dopo"? Che cosa era successo, dentro e fuori di me? Quali irregolari istituzioni avevano preso il sopravvento?

Alle volte l'angoscia per questi problemi mi diventava così forte che dovevo lasciarmi andare a piangere sopra il cuscino. Era in quel punto che mi aggrappavo terribilmente alla fede.

Mio marito non veniva mai a trovarmi. Ogni giorno mi appostavo davanti all'ingresso e mi accoccolavo per terra, proprio come una geisha, e aspettavo per ore che lui si facesse vivo. Poi, vinta dalla stanchezza, e con le lacrime agli occhi, tornavo nel mio reparto.

La sera si mangiava budino e un po' di pancetta, ma io non avevo nessuna voglia di mangiare, e andavo in giro per il reparto raccattando le cicche. Questo fatto veniva interpretato come una forma di malattia. Invece io avevo bisogno di un pacco di biscotti, di una carezza. E in quella cicca vedevo il dono che mi era mancato.

Passai così cinque anni e una volta mi diedero il permesso di andare a casa. Fu in quella occasione che concepii la mia terzogenita. Avevo così sete di amore che non capii neanche a quale pericolo poteva portarmi un parto. Passai nove mesi meravigliosi. Le ammalate mi davano la lana per fare scarpette, cose piccole piccole, e una mi regalò una valigia. Ormai tutte mi volevano bene. Ma io avevo delle voglie strane e non potevo togliermele. E nacque Baby, il mio tesoro, che più tardi doveva diventarmi una piaga nel cuore.

Per tutto il periodo della gravidanza il dottor G. sospese ogni terapia, e fu proprio quello il periodo in cui ritrovai me stessa. Senza i farmaci ritrovai la mia personalità e un poco della mia grinta. Cominciai a sentire i primi brividi di felicità. Mi innamorai di Pierre. Pierre era un malato, niente altro che un malato, ma è rimasto nel mio cuore senz'altro come il ricordo più bello di tutta la mia degenza.

Le notti, mi passavano davanti agli occhi come delle visioni assurde. Io ero diventata, mio malgrado, un po' paranoica. Avevo imparato a sognare ad occhi aperti, un po' per i farmaci, un po' per la solitudine. Una notte che stentavo a dormire, mi alzai per chiedere un Mogadon. Credo che lo chiedessi più volte, perché a un certo punto mi saltarono addosso e mi legarono. Per tutta quella notte, sveglia, impotente, con le gambe divaricate strette dalle fascette di canapa, non ebbi che orrende visioni. E pensare che ci sarebbe voluto così poco per farmi dormire: un atto di pura misericordia, un atto di carità.

Ho letto che nei tempi andati, i malati di mente, circa cento anni fa, credo, venivano fatti passeggiare in giardino e poi gli infermieri si divertivano a pisciare loro sulla testa. Credo che, se non proprio così, eravamo trattati quasi allo stesso modo. Della qual cosa provavamo viva vergogna, come se le nostre nudità venissero scoperte più volte al giorno, e lasciate all'oscena bramosia degli altri. Altre volte immaginavo quel posto tristo come un campo di concentramento. Ma tant'era, in qualsiasi modo lo si paragonasse, era tutto meno che un posto atto a viverci.

Del manicomio io rimpiango tutto, specialmente la non socialità. Fuori ho cercato disperatamente di crearmene una. Ho scritto, mandato lettere, ho cercato disperatamente di avere dei contatti: una volta mia figlia, molto crudamente ma con tanta verità, mi disse: «Mamma, ti rispondono perché tu vai loro a rompere le balle!».

Aveva ragione. In effetti, quando mi sveglio al mattino, e guardo fuori dalla finestra, e mi sento sola, so che nessuno per quel giorno verrà a trovarmi; che, se vorrò, sarò io che dovrò andare a "rompere le balle" agli altri. E questo mi fa male perché io non voglio infastidire nessuno. Ma a volte la solitudine è una cosa atroce, il silenzio è una cosa insopportabile. In manicomio ci avevano abituati al silenzio. Ci mettevano al mattino allineate sopra le panche, con le mani in grembo, e con l'ordine di "non fiatare". Qualcuna che, grazie alla pazzia, riempiva l'aria e il vento dei suoi urli, era accolta da noi come una novità, qualcosa di finalmente vivo.

Sono le sette del mattino. A quest'ora in manicomio spiavamo la giornata; guardavamo se era bella, e poi non potevamo uscire. Ma almeno coccolavamo in seno per delle ore quella probabilità così umana, così necessaria. Anche qui è giorno. Qui, fuori dalla Terra Santa, ma come nel manicomio, tu non sai dove andare.

Il manicomio non finisce più. È una lunga pesante catena che ti porti fuori, che tieni legata ai piedi. Non riuscirai a disfartene mai. E così io continuo a girare per Milano, con questa sorta di peso ai piedi e dentro l'anima. Altro che Terra Santa! Quella era certamente una terra maledetta da Dio.

Il denaro mi fa paura. Forse perché in manicomio non ne avevamo mai. Quando fuori hanno provato a darmelo, non sapevo che farmene, e lo spendevo male. Ma avevo tante voglie segrete. Per esempio, una voglia di piangere, intensa, su quelle banconote.

Pierre fu il mio grande amore in manicomio. Un amore fatto solo di sentimento. Ma non per questo fu meno grande. Ma morì, morì sopra un carrozzone il giorno che lo portarono in un cronicario.

Il nostro sonno era quasi sempre agitato, sommamente dolente nelle nostre fibre. Non veniva, per noi, rispettata un'ora giusta di riposo. Il riposo poteva avvenire alle due, subito dopo pranzo; ma poi passavano col carrello dei medicinali e ci ridestavano tosto. Così, spesso ci accoccolavamo sul letto in un momento di pieno respiro, dimenticando che non eravamo curati, che eravamo soli, e gustando quella nostra corporeità così segreta che nemmeno ai malati di mente viene tolta, perché Dio lascia a tutti un frammento della propria umanità. Ricordo proprio in quel periodo, quei momenti di pausa in cui uno riusciva finalmente a riflettere su se stesso e su ciò che era. A dispetto di tutti i medicinali ognuno di noi rimaneva se stesso. Ci promettevano la felicità, la stabilizzazione degli istinti. Ma i nostri istinti erano quelli di tutti, solo deviati dalla mancanza di amore.

Spesso il mio riposino veniva interrotto dall'irruzione della Z. che aveva avuto un ennesimo ripensamento sulla sua mania di persecuzione. Allora soffrivo, soffrivo perché ero stanca, perché in quel momento volevo estraniarmi, anche dalla Z. Ma la Z. incalzava dicendo che io ero stata l'autrice di certe cose che le erano accadute. Allora, cortesemente, o molto cortesemente, la pregavo di andarsene. Dicevo che stavo male: una scusa banale. Ma la sua malattia doveva per forza colpirmi, e allora avveniva una specie di colluttazione verbale in cui io avevo la peggio perché, si sa, i malati di mente sono spesso molto arguti, di quell'arguzia che la malattia stessa

stimola nel nostro cervello. Infine la facevo ac-
covacciare accanto a me e la carezzavo come
una bambina, pur di poter dormire un quarto
d'ora.

Quando invece mi fecero la cura del Do-
bren (dieci iniezioni per giorno), ero ridotta in
uno stato tragico, non potevo sedermi, non avevo un attimo di rilassamento. Quel farmaco orrendo mi teneva continuamente desta, e non conoscevo il così detto "respiro lungo", che in
neurologia è tanto importante per il benessere.

Si vedevano in giro marionette traballanti
che cercavano, disperatamente cercavano di
sdraiarsi, e non lo potevano fare. Era quello una
specie di supplizio di Tantalo. Ma i medici dicevano che "dopo" ci saremmo sentiti meglio.
Quel dopo non venne mai, e quando io fui dimessa in quello stato, direi pericoloso, dovetti
correre al più vicino centro di disintossicazione
per tornare almeno un pochettino normale.

Comunque, di quel tempo ricordo poco, o
fingo di non ricordare.

Se fossi completamente guarita, mi ergerei
certamente giudice, e condannerei senza misura. Ma molti, tutti, metterebbero in forte dubbio la mia sincerità in quanto malata. E allora ho

fatto un libro, e vi ho anche cacciato dentro la poesia, perché i nostri aguzzini vedano che in manicomio è ben difficile uccidere lo spirito iniziale, lo spirito dell'infanzia, che non è, né potrà mai essere corrotto da alcuno.

Era la nostra indecenza paragonabile all'indecenza del povero che non vuole mostrare le sue nudità, e tuttavia queste appaiono, e si vedono, e mordono, e bruciano la carne come delle ferite. Purtuttavia, noi si cercava di rimanere onesti, onesti per quanto si potesse essere onesti lì dentro, lambiti come eravamo dal peccato, perché il male in sé è peccato, la malattia è peccato, o tale ce la mostravano mettendoci a specchio della nostra miseria e non compatendoci mai.

Ci si aggirava per quelle stanze come abbruttiti da un nostro pensiero interiore che ci dava la caccia, e noi eravamo preda di noi stessi; noi eravamo braccati, avulsi dal nostro stesso amore. Eravamo praticamente le ombre dei gironi danteschi, condannati ad una espiazione ignominiosa che però, a differenza dei peccatori di Dante, non aveva dietro sé colpa alcuna. Qualcuno dei malati, al colmo della disperazione, tentava di infierire, infierire su se stesso: e anche questo era giudicato malattia, e non si riconosceva al malato il suo diritto alla vita, il suo diritto alla morte. Quando una donna si tagliava le vene, veniva vituperata, dava scandalo. Nessuno andava a vedere quale groviglio di male o di pianto, o quale esterna sofferenza l'avesse portata a quella decisione. E così, anche se noi dovevamo rigare dritti come soldati, e fingerci contenti, seguitavamo a morire giorno per giorno, senza che gli altri se ne accorgessero. Ci pareva a noi, pareva a me, di essere messa in una lunga fila di condannati a morte, e che, ogni volta che si cadeva, una frusta pesante si abbattesse su di noi e una voce minacciosa dicesse «Levati!». Così, consumando in un passo irragionevole la nostra esistenza, noi ci addentravamo nei meandri della pazzia.

Mi viene in mente, in proposito, un fatto singolare. In manicomio molti erano i tentati suicidi. Molte ragazze giovani, belle, tentavano di togliersi la vita. Ce ne era una, per esempio, che aveva un braccio tutto tagliuzzato dalle lamette. Come facesse a procurarsele nessuno lo sa. Ma ogni tanto, passando dalla sua cameretta, la vedevamo là, povera rondine chiusa, col capo riverso e, tanto, tanto sangue sul pavimento.

Sapevamo che non aveva una madre, che la madre l'aveva lasciata e da questo abbandono era nata la sua follia. E molto ci sarebbe da scrivere sulla storia di questa fanciulla, che poi riuscì a morire, in un giorno di festa, dopo che fu maltrattata dagli infermieri. Ricordo che le piacevano i dolci. Ed era madre anche lei, ma nessuno sapeva che il suo grembo così dolce aveva già dato un figlio, e che per quel figlio temeva la sua stessa storia.

Il manicomio non è correzionale. Ognuno che vi entra vi porta i suoi valori sostanziali e ve li conserva gelosamente. Così ho fatto io, a dispetto di tutti i vituperi e di tutti gli elettroshock.

TI HO MANDATO UN MESSAGGIO

Ti ho mandato un messaggio antico,
    un messaggio di amore chiuso
(o tu, nuvoletta leggera,
    apriti al pianto infine).
Ho blandito ogni mia notte

ma tu eri l'unica stella
che cantavi una musica felice
(o tu nuvoletta leggera
scostati dal creato
ch'io veda infine il sole!).

Una notte in cui ero particolarmente agitata (c'era un continuo andirivieni nelle corsie), tardavo, faticavo a dormire. Allora aspettai mezzanotte e poi andai in farmacia a chiedere un Valium. La farmacia era un bugigattolo dove si riunivano le infermiere per fare la notte. Venni rimandata al mio letto con male parole. Ma passavano le ore e io non dormivo. Mi alzai un'altra volta, ma venni nuovamente maltrattata. Alle tre del mattino, decisi che dovevo dormire almeno un'ora, e mi alzai di nuovo. Fu chiamato istantaneamente il medico di guardia che mi fulminò e mi disse:

«Perché non dormi? È un dovere!».

Quindi mi propinò tre iniezioni di Valium con uno spartocanfora. Credo che in quei momenti ebbi la sensazione di morire. La puntura fu così violenta che svenni e dormii per tre giorni interi. Mi risvegliai legata.

Natale

I nostri Natali erano molto poveri. Ma forse nessuno, come il malato di mente, sa cogliere veramente l'essenza del dolce Natale, la natività, l'avvento di questo Agnello che si sacrifica per l'uomo. Il nostro Natale consisteva in un umile presepe con delle figurine ritagliate e incollate sui vetri della saletta da pranzo. Niente più. Qualche fiocco di bambagia compiva il miracolo. Ma il giorno di Natale c'erano il budino, una piccola fetta di torta e facevano venire gli uomini nel nostro reparto in modo che le donne potessero scambiare una parola. Quel giorno qualche parente faceva timidamente capolino da dietro le sbarre, con in mano un timidissimo panettone. Anche il panettone, strano, si vergogna delle malattie mentali. E mai come in quell'occasione perdonavamo di cuore ai nostri parenti per averci trascurati per lunghi, lunghissimi anni.

Un anno a Natale la M. ebbe una visione. La M. era una degente particolarmente silenziosa. Ad un tratto si mise in ginocchio e i suoi occhi divennero smisuratamente grandi, e lei fu presa tutta da un tremito. Volevamo chiamarle il medico di guardia, ma qualcosa di strano emanava da tutto il suo atteggiamento, e aspettammo con pazienza che si riprendesse. Vedevamo la M. genuflettersi parecchie volte, e poi baciare la terra. Infine, stranamente, stramazzò al suolo. E quando rinvenne, si ritrovò a letto legata, colpevolizzata di avere visto la Madonna. Ma da quel giorno noi la chiamammo "santa".

Mi tornano a mente, mentre scrivo questo diario, *I Malavoglia*. C'era e c'è in quel romanzo, una simile atmosfera di aspettazione mista ad una intensa disperazione, e una sottomissione al fato, alla pochezza delle proprie cose...

Queste cose io le ho avvertite proprio lì, nel libro di Verga, e le ho ritrovate nel manicomio. In fondo, la nostra giornata era una continua adorazione delle cose più insulse. Si cominciava con una lieve idolatria, dovuta alla malattia, di qualche cosa di magico, che ci ricordava il (...), e si finiva, quando si aveva ricuperato il senso della materia, con l'adorare le cose più disparate: dal ferro da stiro a un cencio, a una forchetta. Insomma, il feticismo si invischiava nella nostra vita solo perché non potevamo accentrare i nostri affetti e i nostri interessi sopra nessuno. La religione, poi, era intesa in senso molto lato. Anzi, direi che lì dentro ci si scordava della religione e di tutto ciò che concerne l'idea del Signore. E, purtuttavia, quella, io l'ho chiamata Terra Santa proprio perché non vi si commetteva peccato alcuno, proprio perché era il paradiso promesso dove la mente malata non accusava alcun colpo, dove non soffriva più, o dove il martirio diventava tanto alto da rasentare l'estasi.

Sì, la Terra Santa. E noi vi eravamo immersi, in quelle latrine puzzolenti, dalle albe (ma non vedevamo mai un'alba) al tramonto più cieco.

Dio!, quanto spasimare sotto gli effetti dei Serenase, dei Largactil, farmaci potentissimi, che ti invischiano il corpo e l'anima. E le strozzature dello spirito erano orrende, e la carneficina del tuo cuore era esecranda. Ma fu egualmente la Terra Santa perché ci portò alla visione di un io disincarnato, un io che lasciò laggiù le sue ossa, in quella palude secca e selvaggia che si chiama manicomio.

Del resto il nostro arciprete era severissimo e non ammetteva che ci fossero contatti, anche solo epidermici, tra ammalati. Una volta giunse a rifiutarsi di darmi la comunione solo perché avevo baciato un malato sulla guancia. Fu un giorno terribile, quello, per me. Un giorno in cui caddi veramente in crisi, perché la colpa mi fu immediatamente sopra come un avvoltoio. Noi venivamo saziati di colpa, quotidianamente; i nostri istinti erano colpa; le visioni erano colpa; i nostri desideri, i nostri sensi erano colpevolizzati. Così ridotti, non potevamo che giocare, giocare a fare i mostri oppure i santi, il che fa quasi lo stesso...

Ricordo il primo giorno che entrai in manicomio. Fin lì non ne avevo mai sentito parlare. Avevo chiesto aiuto a dei neurologi per dei piccoli disturbi, ma non conoscevo questi ghetti. Perché, se avessi saputo una cosa simile, mi sarei certamente uccisa. Ma è incredibile i segni che si avvertono su quelle facce di reclusi, lo schifo che fanno. E poi tu diventi una di loro e fuori nessuno ti riconosce più e tu diventi il protagonista delle metamorfosi kafkiane. Così la mia bellezza si era inghirlandata di follia, ed ora ero Ofelia, perennemente innamorata del vuoto e del silenzio, Ofelia bella che amava e rifiutava Amleto.

Un giorno successe una cosa meravigliosa in manicomio: ci apersero i cancelli, ci dissero che finalmente potevamo uscire. Dio! cosa successe dentro l'anima nostra. Fu uno sciamare di vestaglie azzurre verso l'alba. E mi venne in mente, anzi ebbi la visione di santa Teresina che amava definirsi "piccola rondine di Dio". In quel giorno scesi in giardino di corsa. Mi inginocchiai davanti a un pezzetto di terra e mi bevvi quel terriccio con una fame primordiale. Fu un giorno grande, il giorno della nostra prima resurrezione. Da quel giorno cominciammo a vestirci, a pettinarci, a curare il nostro aspetto, perché fuori c'erano gli uomini. Ma, soprattutto, c'era il sole, questo grande investigatore che vede oltre, oltre anche i nostri corpi. E le nostre anime dovevano per forza diventare belle...

Un ragazzo si procurò una chitarra e cominciò a suonare per noi nei giardini del manicomio. Aveva una voce deliziosa, e noi tutte lì, ad adorarlo. Cantava degli spiritual, guardando il cielo. Erano momenti incredibili perché le sbarre scomparivano e c'era solo l'aria, e c'eravamo noi, diventati piccoli. Tanti piccoli figli di Dio.

Ma un brutto giorno un caposala gliela ruppe appositamente. Allora io piansi e composi quella piccola poesia

> un ragazzo che aveva la chitarra
> se la vide strappare dalle mani
> fatta a pezzi e buttata
> nei giardini del manicomio.

Ma con l'intervento del professor Z. riuscimmo a fargliene avere un'altra. E così continuarono le nostre dissacrate preghiere al cielo.

Rose

E di quelle rose magnifiche noi non potevamo cogliere nemmeno il profumo, non potevamo guardarle.

Ma il giorno che ci apersero i cancelli, che potemmo toccarle con le mani quelle rose stupende, che potemmo finalmente inebriarci del loro destino di fiori, oh, fu quello il tempo in cui tutte le nostre inquietudini segrete disparvero, perché finalmente eravamo vicini a Dio, e la nostra sofferenza era arrivata fino al fiore, e era diventata fiore essa stessa. Dio!, mi parve di essere un'ape; un'ape gonfia ed estremamente forte. E per ore, inginocchiata a terra stetti a bere di quella sostanza vitale, senza peraltro fiatare, senza dire a nessuno che avevo incontrato un nuovo tipo di morte.

Divine, lussureggianti rose!

Non avrei potuto scrivere in quel momento nulla che riguardasse i fiori perché io stessa ero diventata un fiore, io stessa avevo un gambo e una linfa.

Ma, mentre accarezzavo le rose, sentii una mano vicina alla mia. Era la mano di Pierre. E sentii le sue labbra sulle mie labbra, e la comunione fu così dolce e perfetta che conobbi in quel momento la vera natura di Dio.

Pensammo subito, io e Pierre, di fare dono a qualcuno di quelle rose. Ma sapevamo che non potevamo coglierle. E allora le rubammo, ne facemmo un fascio che portammo di nascosto dietro l'abside della chiesa. E lì stemmo a curarle una intera giornata, intrecciandoci sopra le dita. A chi avremmo date quelle rose perfette? Chi ci aveva fatto del bene al punto di meritarsele? Nessuno. E allora, le avremmo donate a noi stessi, ne avremmo fatto un giaciglio di amore. Così, io e Pierre, adagiati sulle rose e sulle spine godemmo del primo amplesso del nostro amore. E fu amplesso che durò millenni, il tempo della nostra esecrazione. E da quell'amplesso senza peccato nacque una bimba.

Dacché rimasi incinta, ogni giorno Pierre correva tutto sudato a vedermi e a chiedermi come stavo. Mi portava sempre le sue piccole margherite. Ma non facevamo più l'amore: ciò che noi desideravamo in quel luogo dissacrante era di "creare"; e ci eravamo riusciti, noi due giudicati pazzi avevamo dato vita a una creatura e ora nessuno poteva dividerci.

Stavo delle ore col capo appoggiato alla spalla di Pierre, alitando leggermente, perché non mi sentisse. O sfiorando la sua guancia con le mie ciglia lunghissime. Lui mi carezzava il grembo, le mani, qualche volta il seno. Ma senza fremito alcuno. Una volta mi disse: «Questo seno darà buon latte alla nostra piccina».

Veniva Aldo certe volte, a farci compagnia. E anche lui mi guardava il grembo e me lo accarezzava. In un certo modo, quello era anche figlio suo: il figlio del manicomio maledetto.

Ma prima che la bimba nascesse, sia Pierre che Aldo vennero mandati in un cronicario, e io rimasi, senza volerlo, vedova di me stessa. La bimba nacque egualmente e in modo abbastanza felice, malgrado avessero preso tutte le precauzioni per farmi fare un parto orribile (all'uopo venni portata, demandata al neurodeliri). La piccina venne alla luce nel pieno della sua bellezza e V. la tenne a battesimo. Era quello il primo frutto bello, non intaccato, che usciva da un luogo di alienazione.

Ma mi fu subito tolta. Oggi la bimba non è con me, ma è mia come non mai. Ricordo che una volta, quando andai in chiesa, durante il *Sanctus* la bimba mi si rivoltò nel grembo, e ciò mi dette la certezza che Dio aveva benedetto il mio amore.

Una ragazza, che mi piaceva particolarmente, era affetta da epilessia. Era così bella, così perfetta che pareva una bambola, e quando rideva, squittiva proprio come le rondinelle. Quanta tenerezza mi faceva! Era l'unica degente cui fosse concesso di vestire abiti civili, ed era sorella di C. C. la veniva a trovare tutta ammantata di nero, con degli orrendi veli calati davanti al viso. Aveva paura del manicomio, o il manicomio aveva paura di lei?

Comunque, questa ragazza una volta mi disse che si era innamorata.

«Di chi?», le chiesi io.

«Del dottor N., naturalmente.»

E a me venne un colpo al cuore perché, nella sua innocenza, non aveva ancora capito che il dottor N. era il peggiore aguzzino dell'ospedale.

Di questa ragazza ricordo la fine evanescenza tranquilla. Pareva appena uscita dal grembo materno. Aveva lo stupore dell'infante, la grazia della Vergine, la bellezza delle concubine.

Era assente. Ma quando il male l'aggrediva diventava un dèmone. Si insudiciava, si dibatteva come un'ossessa. Occorreva metterle qualcosa fra i denti. La sua bella testolina ne usciva mutilata da orrende ferite. Eppure si chiamava Grazia, o forse no, si chiamava Ofelia, ognuno di noi poteva ribattezzarsi con un nome diverso. Oggi io mi chiamo Beatrice.

Anche M. P. era fra le degenti. Questa donna augusta, altera, protagonista di tanti sceneggiati televisivi soffriva di incredibili carenze psicologiche. Allora strisciava lungo il muro come un verme, le mani imploranti e pareva, dico pareva, la Divina Pietà del Michelangiolo.

La nostra legge era il silenzio. Il silenzio gravato da mille solitudini; un silenzio ingombrante, atono, come le foglie ferme ma noi eravamo teneri usignoli feriti e la nostra infelicità dava sangue e le nostre ali erano tarpate e il nostro grembo deserto. Suore dell'eterno supplizio raccoglievano i lembi di un Dio che io implorai per dieci lunghissimi anni.

Ma Dio resiste agli attacchi più fervorosi e

allora mi immaginai un Dio con in mano un nerbo. Da allora credo soltanto in un Dio che punisce.

Alle volte, negli ospedali psichiatrici allestivano dei letti di fortuna, dei pagliericci per terra. E, se levavi gli occhi, vedevi i piedi legati del tuo vicino. Su uno di questi pagliericci, ricordo, ci sono stata per sei mesi, e il pavimento era freddo, ma io alzavo i miei occhi e guardavo il cielo, e poi ancora il sole, e sentivo il calore infinito della mia povertà.

Così come nel processo di Kafka, ogni giorno noi facevamo il processo a noi stessi, e tanto più pungente e invadente diventava la nostra requisitoria quanto più lì dentro ci avevano insegnato ad essere spietati. Ma io avevo alle spalle la psicoanalisi con le sue dolcezze, i suoi segreti infantili. E quella mi servì nei momenti di ozio, per analizzarmi, ricuperarmi, salvarmi.

Eravamo certamente dei colpevoli. Solo più tardi avrei saputo dal dottor G. che la mia colpevolezza esisteva a seguito di un vecchissimo trauma. Ma la sovrastruttura del manicomio, quelle mani che non ti obbedivano, quel corpo, che non ti serviva, quel sesso che non aveva miraggio alcuno, tutto ciò faceva della tua colpa un sentimento roboante e segreto, tanto che tu ti ci immergevi come nella palude o in mezzo alle sabbie mobili. Credo che solo le illustrazioni del Doré per la *Commedia* dantesca potessero rendere bene il fascino e la mostruosità del manicomio. Da bambina, su queste illustrazioni mi ero soffermata, spinta da non so quale richiamo, affascinata da un preludio che poi doveva avverarmi per quel senso di paranormalità che già possedevo, e che poi sviluppai nelle mie "visioni poetiche". Sì, per conto mio quelle non furono che visioni, voci captate dall'al di là, in contraddizione perenne con la mia povera anima bambina. O invece era il Genio, ma il Genio mandato da un mago, il Genio che scaturisce dalla lampada, non la tua anima stessa.

Da bambina ero di straordinaria intelligenza. Perché adesso la mia anima si era mummificata? Perché aveva assunto l'aspetto di chi non ha parole? Perché era un ectoplasma non facente parte di un corpo fisico? Questi erano i pensieri che azzannavano la mia povera mente, laggiù, al ghetto manicomiale. Senonché, l'azzurro fondo della vestaglia, a volte, me ne traeva fuo-

ri. Nell'orrore ritrovavo la libertà delle cose vive, e nell'orrore finivo col morire.

Era chiaro, comunque, che noi non eravamo degni di alcuna pietà, che nessuno era di-
sposto a farcene dono. E allora cominciava una
tisi leggera. Molte di noi erano tisiche proprio
per mancanza di amore, come Violetta Valéry
era tisica e sincera. Forse la Traviata era morta
presa da un pallido amore segreto.

Una o due volte io mi innamorai, ma non fui
ricambiata. Il malato di mente ha strana la con-
cezione dell'amore. E poi, io ero costretta ad
escludere il sesso. Come avrei potuto amoreg-
giare con qualcuno? Ma rimanevo pur sempre
una donna, una donna che ad ogni primavera
fioriva e sfioriva, che appariva alla cella della
sua camera davanti a una grata di fuoco. E poteva essere quella la grata delle carmelitane. Invece era la grata dell'inferno.

Una volta una ammalata mi appioppò un
sonoro ceffone. Il mio primo istinto fu quello di
renderglielo. Ma poi presi quella vecchia mano
e la baciai. La vecchia si mise a piangere.

«Tu sei mia figlia», mi disse.

E allora capii che cosa aveva significato quel gesto di violenza. Di fatto, non esiste pazzia senza giustificazione e ogni gesto che dalla gente comune e sobria viene considerato pazzo coinvolge il mistero di una inaudita sofferenza che non è stata colta dagli uomini.

Si parla spesso di solitudine, fuori, perché si conosce solo un nostro tipo di solitudine. Ma nulla è così feroce come la solitudine del manicomio. In quella spietata repulsione da parte di tutto si introducono i serpenti della tua fantasia, i morsi del dolore fisico, l'acquiescenza di un pagliericcio su cui sbava l'altra malata vicina, che sta più su. Una solitudine da dimenticati, da colpevoli. E la tua vestaglia ti diventa insostituibile, e così gli stracci che hai addosso perché loro solo conoscono la tua vera esistenza, il tuo vero modo di vivere.

In manicomio ero sola; per lungo tempo non parlai, convinta della mia innocenza. Ma poi scoprii che i pazzi avevano un nome, un cuore, un senso dell'amore e imparai, sì, proprio lì dentro, imparai ad amare i miei simili. E tutti dividevamo il nostro pane l'una con l'altra, con affettuosa condiscendenza, e il nostro divenne un desco famigliare. E qualcuna, la sera, arrivava a rimboccarmi le coperte e mi baciava sui corti capelli. E poi, fuori, questo bacio non l'ho preso più da nessuno, perché ero guarita. Ma con il marchio manicomiale.

Le medicine ci avevano tolto ogni senso, ogni rapporto con la realtà esterna. Il mio medico personale, il dottor G., sosteneva che ciò accadeva proprio in funzione della malattia. Ma io sostengo l'inverso perché mi ricordo benissimo che al principio del mio duro travaglio, al principio dell'internamento, io ero pienamente cosciente della mia realtà, tanto che, quando mi ritrovai in quel luogo, svenni per la paura. L'assenza, la confusione, vennero dopo, a seguito dei farmaci e delle continue vituperazioni da parte degli infermieri e dell'ambiente stesso. Quindi, sono molto perplessa nel definire la mia malattia una cosa che "venne da sé", ma sono più propensa a dire che, semmai, venne causata, modificata e aggravata dalla inadeguata e deleteria assistenza del manicomio. Io scrivo questo libro non tanto per il piacere di dare libero sfogo alle mie memorie, quanto per dichiarare apertamente che, se ancora oggi mi porto dietro un simile bagaglio di scontento e di amarezza, tutto ciò lo devo proprio a quella lunga, reiterata degenza, che ha fatto di me poco più di un manichino senza volontà, continuamente perplessa sui proprii valori morali e sociali. Ho aperto proprio ieri una sottoscrizione a favore dei malati di mente. Non è che io sia propriamente in grado di fare una cosa così grande dal punto di vista sociale, ma, chi meglio di me può dire cosa ci sia stato all'interno di quell'ospedale?

Ieri ho ricevuto una visita di una paziente dimessa che mi diceva, testuali parole: «All'inizio venni ricoverata perché ebbi una visione di tipo religioso. Subito sottoposta ad un trattamento a base di Serenase, venni conseguentemente legata e ritenuta pazza (la donna in questione è terziaria laica). Dopodiché le mie condizioni conoscitive, la mia personalità, si aggravarono. Non ebbi più la percezione del mio io. Non solo, ma a seguito delle medicine soffrivo in modo inumano perché, come è risaputo, gli psicofarmaci danno effetti collaterali violentissimi, tanto che il paziente all'interno dell'ospedale non può fare a meno di chiedere aiuto. Aiuto che viene risolto con una solida legatura al letto di contenzione».

Come ho detto, non scrivo queste cose solo per farne un romanzo. Io mi auguro che la malattia di mente venga finalmente sfatata e ricondotta alla sua vera base, che è un disturbo della emotività. Io non sono psichiatra, ma avrei voluto fare questo. Perché avrei visto, credo io, molto più chiaro di certi dottori. Forse, proprio in base alle mie piccole conoscenze mediche in proposito, sono riuscita a salvarmi.

VADO FUMANDO

Vado fumando questa sigaretta
e il mio tempo, lo spazio e ogni riposo
stento nell'ozio che non più mi affretta
ma intanto brucio questo verde alloro
e qualche forte mio pensiero audace
che mi viene a trovare qual sirenetta.

Comunque, un'altra cosa è altrettanto importante come l'internamento, ed è il momento della dimissione. Io sono stata buttata fuori prima che Basaglia facesse il suo provvedimento e ho trovato un muro di compressione disperata, come se fosse stata dimessa Rina Fort. Ricordo che quando nell'adolescenza lessi di questo crimine, ne rimasi violentemente scossa. E noi, che avevamo il solo difetto di fare confusione sulla nostra identità, noi che ci eravamo lasciati scolorire, che avevamo sopportato soprusi di ogni genere, perché ora eravamo guardati come criminali? Ma sta di fatto che la gente ha paura del dimesso dal manicomio: prevede da lui l'atto incontrollabile e segreto che è inizialmente alla base di tutti i terrori dell'umanità.

Il dottor G. sostiene che io per lungo periodo persi il contatto con la realtà. Ma mi viene, anzi mi è sempre venuto un dubbio in proposito. Chi può stabilire che cosa è la realtà? Perché noi chiamiamo realtà ciò che vediamo, sentiamo, odoriamo. Non siamo dunque noi, la sola autentica realtà possibile? È da noi che partono le cose. E allora io andai solo un po' più in alto nel regno della metafisica. È questo che voleva intendere il dottor G.?

Non so.

So che è vero che ho un buco nero nella memoria. Ma so anche che quel buco nero fu l'inizio della mia guarigione, perché nessuno, non

udendo e non provando più nulla, osò più farmi
del male.

Le mille metamorfosi
le molte primavere perdute
nei giardini del manicomio
            adesso io voglio star sola.
Ho concimato due terre
            una non ha dato frutto
            ma l'altra mi ha dato l'alloro
            e con questo cingerò il mio capo di
                                    vergine
            che ha chinato il collo sul ceppo
            perché io sono una martire
e dopo andrò davanti all'altare
            povera di ogni memoria
            e mi dirò al mio signore
            ma adesso, sì proprio adesso,
            io voglio finalmente stare sola.

Credo che contro la pazzia niente e nulla
possano valere.
    Oggi sto male. Ho lontanissima la perce-
zione degli altri, come se mi giungessero da
un'altra dimensione. In questo stato, nulla po-

trebbe entrare nel mio cerchio magico. Niente e nessuno. Eppure, è proprio adesso che ho bisogno di aiuto. È come se fossi diventata angelo e volassi verso cieli più azzurri. Ma questi cieli soffocano il corpo, lo uccidono. E, allora, a chi dobbiamo dare ragione, all'anima o al corpo? O corpo che duoli, che sei sostanzialmente solo pur circondandoti di molte amicizie! Sei forse tu che mi porti a vaneggiare? O, forse, la forza segreta dei miei impulsi spirituali? Oh, sì. Contro la pazzia, nemmeno Dio può nulla.

Qual è la morale di questo piccolo libro?

Molte, moltissime potrebbero essere le morali. Ma, forse, una sola è valida.

L'uomo è socialmente cattivo, un cattivo soggetto. E quando trova una tortora, qualcuno che parla troppo piano, qualcuno che piange, gli butta addosso le proprie colpe, e, così, nascono i pazzi. Perché la pazzia, amici miei, non esiste. Esiste soltanto nei riflessi onirici del sonno e in quel terrore che abbiamo tutti, inveterato, di perdere la nostra ragione.

LETTERE A PIERRE

Dal Paolo Pini di Affori, anno 1965

Prima lettera

Amore mio, vorrei che tu venissi a vedermi stasera qui, nel mio lettino tutto bianco. E sto pensando a te. Sto pensando alle rose rosse che mi hai dato ieri. Ho qui davanti una rivista ma non la leggo. Il pensiero di te mi appaga molto di più. Hai mai pensato che ci si possa amare come le colombe? Io sì.

Oh, se ti avessi qui vicino, contro il mio grembo! oh, l'amore è fatto anche di questo, e perciò ti bacio e ribacio sui tuoi bei capelli neri.

O Pierre, basterebbe poco a morire. Vivere qui dentro è terribile, e io, morta, volerei da te per sempre. E tu mi terresti come un uccellino piccolo piccolo, e saresti il mio buon carceriere.

Mi ami tu? Non mi hai ancora mandato un biglietto, ma io ogni sera ti scrivo lunghissime lettere, Pierre, e su quelle lettere piango. L'infermiera quando vede le mie lacrime pensa che io sia depressa. E invece no; piango di gioia e piango di amore perché io e te siamo due esseri felici nella nostra nudità: siamo come Adamo ed Eva.

È possibile, Pierre, scrivere di queste lettere in manicomio?

Ma quanta pace c'è qui dentro. E poi, nessuno che ti guardi e ti ascolti. Oh, sì, Pierre, proprio qui dentro, credimi, è venuto il momento di amarci.

Seconda lettera

Pierre, carissimo,

ho saputo della mia, della nostra bambina. Che cosa meravigliosa. Meravigliosa. Che fiore stupendo è nato qui dentro. Mentre tutto si ostinava a negarci la vita, io e te soli, inconosciuti ed offesi, abbiamo fatto un figlio. O Pierre, quel grembo che tu guardavi con tanta meraviglia, l'hai forse gittato nel miracolo? Improvvisamente a me è apparsa l'annunciazione. E tu eri l'Angelo e io Maria e nostro figlio, Pierre, sarà il Cristo, ma se nasce da noi, verrà al mondo già coperto di spine.

O amore mio, piccolo figlio e padre mio, come posso ringraziarti di questo dono?

Ho già detto ogni cosa al dottor G., che sa tutto del nostro amore e di questo nostro primordiale trionfo.

Addio, Pierre, ci vedremo domattina. Tu come una vergine mi porterai dei fiori. Ma sei tu uomo o donna, che mi ami così dolcemente?

Addio. Sfioro con un bacio i tuoi capelli bellissimi.

Terza lettera

Ieri sera non riuscivo a dormire. La signora Z., che era di guardia, mi guardava con un poco di commiserazione. Era, è l'unica infermiera che ha un po' di pietà, forse perché è tanto malata. Ma spesso si mette a chiacchierare con me e spesso si sfoga. Lei che è tanto più vecchia di me, chiede il mio consiglio e dice (a sessant'anni) che sarebbe disposta ad amare un uomo. Poveretta. Lei non sa, Pierre, che noi ci amiamo tanto. Ma tu, come dormi? Col pigiama come un vero uomo, o con una brutta camicia di ospedale? Oh, io penso che tu di notte sia bellissimo e abbia delle lenzuola d'argento, come nelle favole.

E qualcuno ti parla. Sono gelosa di quel "qualcuno" che gioca a carte con te e beve vino e magari ti prende in giro. Non permettere, Pierre, che ti prendano in giro. Ricorda che ti amo e che tu sei un uomo eguale agli altri.

La nostra bimba sarà perfetta perché è nata dalla dolcezza e noi abbiamo filato miele.

Buona notte, Pierre. Non riesco a dormire pensandoti. Tu sei tanto più alto di me! Oserei dire che sei un angelo e io gli angeli li amo.

A domani.

Quarta lettera

Ieri ti ho portato *Giulietta e Romeo*. Li abbiamo letti lungo il praticello del manicomio.

Oh, come erano dolci quelle parole d'amore.

Ma tu, perché seguitavi ad accarezzarmi? Ero io la tua Giulietta e tu il mio Romeo. Ma noi non vogliamo morire, vero Pierre? Non vogliamo morire qui dentro, amore mio. Ricordatelo.

Quinta lettera

Ieri sono scesa in giardino per incontrarti e ho visto una cosa orribile: tu, il mio amore, che guardavi fuori dalle sbarre di un carrozzone.

«Dove ti portano, Pierre? Cosa hai fatto?»

Ho corso a lungo dietro il carrozzone e poi mi sono buttata a terra a piangere. Lo so dove ti portano, caro. Ma chiederò dei permessi. Setaccerò tutta l'Italia. Ti raggiungerò. Non posso arrendermi.

Non piangere, Pierre.

Oh, come tu mi hai guardato, come mi hai chiesto aiuto.

Ma, non lo sai che siamo in mano a degli aguzzini, Pierre?

«Pierre!», gridavo stravolta. Ma tu non mi rispondevi.

Allora sono andata in direzione e ho picchiato forte i pugni contro la porta del direttore. E gli ho detto tutto. Il direttore non mi ha gridato. Mi ha accarezzato teneramente e mi ha detto: «Vedremo». Ma tu credi in quel "vedremo", Pierre? Io, no! So bene come vanno le cose in manicomio! So come e chi comanda.

Ma noi renderemo pubblico il nostro amore, anche se io sono sposata.

Oh, aiutami, Pierre, aiutami a vivere senza
la tua presenza. Non puoi andar via, non devi.
Ribellati! Il manicomio non deve sommergerci,
o Pierre.

Verrò.
Ti cercherò in capo al mondo.

Sesta lettera

Pierre carissimo,
    oggi è il primo giorno che passo senza di te.
Non ho senso neanche della mia vita. Mi sono
svegliata intontita come dopo una lunga sbor-
nia, ma so che devo cercarti, che devo assolutamente venire a trovarti. Come farò, non so: difficile è uscire dal manicomio. E poi non ho
neanche una lira. Però, Pierre, verrò a piedi,
verrò senz'altro a vederti. Devo capire perché ti
hanno fatto ancora del male. Non bastava quello che ti facevano qui dentro? Al di fuori del dolore amoroso che mi ha procurato la tua parten-
za, resta il quesito tremendo del perché la gente
si accanisce contro i malati di mente. E poi, tu,
eri forse malato? Forse che quel tuo amore, quei

tuoi sguardi pieni di bene erano malattia? Non avevi tu un'anima, Pierre? Oh, dimmi che tutto ciò non è vero, che il genere umano non è così esecrando come si vede, che c'è in ognuno di noi una parte, sia pur piccola, di buona fede, di bontà. Ti sembro forse ubriaca, ma non è così: sono solo sola, e disperatamente infelice.

Settima lettera

Ho varcato oggi i confini del manicomio. Sono fuggita per venirti a vedere. Ho fatto forza su me stessa, ma finalmente ho varcato i cancelli. Dopo non mi vorranno più, ma tu, povero piccolo passerotto, non meriti forse tutto questo? Ho preso il trenino che porta a Cusano. Poi, non so. So che lì c'è un cronicario. Devi trovarti lì per forza.

Ore 11. Sono entrata nel nuovo manicomio. Facce orribili mi hanno squadrata da capo a piedi. Forse per il modo in cui vesto mi hanno riconosciuta come una di loro, ma con una lieve differenza: che sono bella e tranquilla. Sono bella perché porto dentro il tuo amore, tranquilla perché nulla mi può dividere da te. E, finalmente, sono scesa al bar. Sporcizia dappertutto, carte, cicche e orribili risate. Ma io, Pierre, ti cerco. Sono certa che ti troverò.

Ore 12. Ti ho trovato. Eri in un angolo del giardino, solo e disperato. Quando mi hai visto, ti sei messo a piangere, e abbiamo pianto insieme. È venuto il guardiano e mi ha chiesto chi ero. «Una parente», ho risposto. Ma lui mi ha guardato con sospetto: non si vedono forse i segni della mia sofferenza?

O Pierre, tra poco andrò via. Dovrò andare via, perché io ho il mio rifugio. Ma ho capito tutto in un attimo. Un bagliore di fiamma mi ha illuminato le idee: Sì! È ora che anche noi prendiamo la nostra parte di martirio per salvare gli altri.

Addio.

CONCLUSIONE

La conclusione di questo *Diario* non è veritiera né verisimile. Si tratta di una storia che potrebbe essere inventata ed è invece un atto d'amore e di spietate constatazioni dei fatti. Il *Diario* è un'opera lirica in prosa ma è anche una esegesi, una implorazione e la completa distruzione di ogni filosofia e di ogni atto concettuale.

È stato scritto con il linguaggio semplice di chi nel manicomio ha scordato tutto e non vuole né *vuole più* ricordare. Rimane la velata e struggente nostalgia del manicomio come tempio di una aberrante religione. I fatti sono simbolici – e così i protagonisti, ma l'autrice ancora vive e vorrebbe che questo crimine cadesse dalle carni di chi come lei ha patito e continua a patire il più efferato degli Inferni.

AGGIUNTE IN MARGINE

Come ho già ammesso pubblica-
mente il vero *Diario* non è mai stato scritto e io sola – la mia anima –
ne è l'unica depositaria. Su questi
terreni sepolti giocano finemente
gli psichiatri per aprire ancora oggi
nuovi alveoli di incessante dolore.
Un grazie a Chiara e Marina, che
sono state le testimoni amorevoli
di questa ultima parte.

A. M.

Tengo a dire che non è del tutto vero che io in manicomio abbia sofferto pene inverosimili; la solerzia dei medici, l'attenzione degli infermieri e la spazialità stessa della malattia mentale hanno giostrato in me un chiaro rito d'amore. La malattia mentale non esiste ma esistono gli esaurimenti nervosi, esistono le pene famigliari, la responsabilità dei figli, la fatica di crescerli ed esiste anche la fatica di amare.

Il manicomio che ho vissuto fuori e che sto vivendo non è paragonabile a quell'altro supplizio che però lasciava la speranza della parola. Il vero inferno è fuori, qui a contatto degli altri, che ti giudicano, ti criticano e non ti amano. Non si possono educare gli infermi della criminalità umana ad amare coloro che hanno sofferto di una frusta ingiustificata, né possiamo andare di casa in casa a portare il nostro vangelo e a discolparci.

Credo fermamente nella soavità dei giovani, nella loro consapevolezza, nel loro fervore umano, ed è alle mie figliole che io affido questa nuova edizione del *Diario* perché ora sono vecchia, stanca, più consapevole e certamente meno consapevole d'allora.

Gli psichiatri non possono molestarci in eterno sul presupposto del fatto che in un qualsiasi giorno della nostra vita abbiamo perso la memoria: può essere stato il gioco dell'amore, la fatalità della vita o una personale autodifesa.

L'emarginazione è *anche* un diritto sociale.

Il *Diario* non è solo sereno come scrittura e come stesura di racconto, ma è anche stato scritto in un momento particolarmente sereno (vent'anni dopo), se serena può dirsi la lenta dipartita del proprio coniuge. Forse la volontà stessa di sconfiggere il male dell'altro, di riuscire a vincerlo con la parola ha fatto scatenare questa rivalsa che io definirei unica al mondo.

Molti si sono arrogati il diritto di questa rinascita e il *Diario* è stato respinto più volte. Solo l'affetto di Vanni ha potuto raccoglierne i lacerti ed edificarli a mo' di costrutto anatomico dello spirito, fidando anche lui nella buona legge dei poeti, per non parlare di Manganelli che ne ha fatto addirittura un suo personale ragionamento d'amore.

Anche se si tratta di psichiatria, il *Diario* è un libro che ha il tono di grazia di una forza poetica che è cara solo a chi ha dovuto pagare una posta troppo alta per vivere. Cattivi invece sono i medici quando vogliono far scaturire il molto da una grande voragine o il mito da uno stato di semplicità naturale.

Trovò però che il *Delirio* sia più completo e tragico del *Diario*. Avrei voluto aggiungerlo a questo primo componimento: sennonché si tratta di un amore singolarmente sbagliato e snellito volutamente dalla psichiatria, che avrebbe potuto avere come conseguenza la morte. Brutto e atroce è stato il modo con cui hanno picchiato sulle mie povere mani per staccarle dalla presa amorosa.

Esistono posti liberi e posti incantati – per via dell'ilarità vertiginosa e collagena per cui ti ricordi delle sirene e la tua memoria trema al pensiero della realtà. Entri nel sogno come in uno spazio nuovo e non ne avverti la fine e controlli nel sogno che tutta la realtà sia veramente morta. Così accadeva nei manicomi. Ma mentre infrangi la tua vita il despota dell'ira ti trascina alla passione e tu ardi così violentemente del tuo passato che esso passato diventa una colpa, una colpa benedetta su cui neanche l'amore di Dio può far più nulla.

Sei allora miscredente per interna elezione, ma sei anche ateo, perché la scienza antica ti si fa nuova e audace e quindi ospiti incapibili amori, oppure eresie gravi e anche i sodomiti non ti sono sconosciuti. Ma tutto si fa purificato e perfetto sul piano della follia.

È strano come a volte dai nostri segreti doni, dalle nostre disperazioni più profonde nascano dei ponticelli gentili e nasca un Eden privato, colmo di risorse e di mutevoli compagnie. Su questi ponticelli si avventura l'anima disperata che canta un canto liquido e ci si immagina vestiti di un manto rosso. Così sentivamo noi e stranamente il tono lucido del delirio diventava corpo e mistero. L'iniziazione si compiva lì, proprio ai margini della sofferenza più inaudita e noi non avevamo specchi per vedere questo mutamento graduale, ma sapevamo, sentivamo che segretamente avvenivano dei traslati; immutati fermi e ferventi diventavamo via via colonne lucide di agonia, un'agonia che però non preludeva alla morte, in quanto la morte nella follia non è mai contemplata né presa in esame.

Credo che nel libro di Manganelli *Dall'inferno* ci sia parte di questa stupefacente realtà; scritture ignote, algebre, parodie sommesse e languide sinfonie; io ho rasentato il macabro e il putrido senza però mai cadervi del tutto e bastava la letizia di un fiore a ricondurci alla ragione.

Al principio di ogni inverno le stagioni si chiudevano o parevano chiudersi. Ci concedevamo qualche indumento di lana in più, uno solo che doveva durare per tutto l'inverno. Dentro però io avevo uno scrosciare d'acque gementi, di acque turgide di libertà e profonde. Qualcosa si chiudeva all'esterno ma dentro io rimanevo libera. Non so, non seppi mai per quale miracolo nessuno riuscì a violare la mia verginità, sicché quando riapparvi alla vita potevo vagamente somigliare alla figura di Aminta.

Così sono le immagini figurate di questo silenzio orribile che a lungo andare perde l'impostura del suono; così sono io che finalmente ho cessato di ridere perché ho capito che ogni embrione di vita è naturalmente Dio.

Sì, pareva insomma gente nata in Siberia che appoggiando le vesti polverose e le larghe spalle al torso l'uno dell'altro si stia a cantare nenie incredibilmente false contro la solennità di un paesaggio di morte. Il nostro spirito era chiuso, si aveva, anzi si riacquistava, una turgida verità e si usciva dal corpo come dei privilegiati, ambendo ad un amore saffico ed ellenico che però doveva appartenere solo al cervello.

Il nostro respiro in fondo era felice, il respiro di coloro che vedono orizzonti chiari dentro note spergiure; la nostra faccia era nascosta ma viva di miracolo, le nostre fiaccole segrete somigliavano a quelle dei chiostri. Il racconto potrebbe qui prendere pieghe false, se non fosse stato tratto direttamente dal vero; ma quale verità poteva darsi in un luogo così basso e insano?

Le nostre chiusure erano diventate definitive come se avessimo messo un abito dalle molte inebrianti cuciture, e tutto era fermo terreno labile meno il canto di Cleo, che era dolce e so-gnante come quello di una fanciulla che va mo-rendo sull'acqua.

Mi ricordo anche di certe povere donne che si fingevano miracolate e che invece erano solo allucinate o forse erano veramente visitate da qualche cosa di supremo. Sta di fatto che alcune cadevano ad esempio in uno stato di vagante allucinazione e guardavano teneramente in un'unica direzione. Molte per questo sono state sottoposte a una terapia d'urto.

Io credo che Tobino abbia visto giusto nel volere "miracolate" le proprie pazienti con amori terreni non tenuti a guinzaglio da modelli complicati e marcatamente siciliani di rivalsa.

È certo che l'uomo deve sentirsi prima libero e poi padrone anche della propria morte. Poter gestire la propria morte è come poter gestire la propria vita in quanto ci dà la misura del nostro io.

La volontà del dolore appartiene ai viventi e non certo ai santi né ai sanguinari; i santi sono adorabili solo se vengono invocati da persone serie per cose serie.

In fondo il cammino all'interno del manicomio non è altro che il cammino nella truffa e nelle cloache dove l'umano sapere diventa infingimento e menzogna, e c'è anche molto spargimento di sangue e di lacrime. Trovandomi a stare fra D'Annunzio e Titano (Titano come sinonimo del manicomio attivo: relazione vergognosamente suggerita all'autrice), dirò che queste due figure si equivalgono, che volevano fare dell'amore un groppo unico, e maleodorante per giunta, non tenendo presente la gentilezza e la soavità della vita nei suoi deboli confini, la tua privata eutanasia e quell'avere paura della sofferenza materiale e divina come delle estasi sante dell'amore. In questo senso Titano era la perfetta marchiatura del manicomio, il bellimbusto di conio, l'uomo alzato al rango di stupratore (richiesta che veniva regolarmente licenziata da me, come non atta a favorire lo studio dei crimini della psichiatria e soprattutto a leggerli e a metterli al bando); per altro era un buon figliolone che non voleva applicarsi troppo alla scienza del vivere e che scambiava i propri errori per pubbliche proteste e per vaticini, mentre erano dovuti meramente alla sua personale follia.

Post scriptum 1

La confusione voluta dei due testi (o momenti di scrittura) sta a indicare che non esiste la contemporaneità del dolore, ma che lo stupefacente delirio onirico del *Diario* diventa massacrante e remoto se si riporta alla realtà "vaginale" di un sequestro.

Post scriptum 2

Con questo volume Alda Merini mette a disposizione degli altri le sue esperienze, per un proficuo esito della psicoanalisi e per un'emancipazione umanistica della psichiatria.

IL TESTIMONE

Io sono il tuo testimone
sono cieco come Omero
ma ho mille occhi come Argo
anche se mi siedo su di un piedistallo
e sono nudo di silenziosa virtù
ti ascolto e so che tu fremi
perché sai che io ho veduto
e tu hai avuto la tentazione
di togliermi l'unico occhio che avevo
e lo hai quasi fatto
poi hai sentito il bisogno di colpirmi alle gambe
e non ho più ballato
mi hai messo le scarpe ai piedi
quando fuggivo nuda tra i prati
hai anche piantonato la mia povera mente
ma rimango comunque il tuo testimone
hai afflitto i miei amori con mille soste
mi hai tagliato le foglie

e persino il ventre fonte di ogni desiderio e piacere
mi hai fatto deridere da uno storpio
cantare da una musa stonata
affliggere da misere presenze di mercato
ma io rimango il tuo testimone
sono un testimone alto alato
che vola oltre la tua possibilità di mescita
e di fatto tu mesci vino amaro
ma sono sempre il tuo testimone
tu sei il male in persona
ma chissà perché
sei anche il mio privato endecasillabo
io sono il tuo testimone
e tu sei il mio cuore.

Dicembre 1991

PER L'EDIZIONE 1997

Vivo ancora nella casa da dove sono partita per il manicomio. Ancora non riesco a lasciarla. Ancora dopo anni di solitudine, ogni sera, metto una barricata contro la porta perché ho paura che vengano a prendermi e che mi portino via: il fascino di questa casa che è diventato orrore, lo stesso orrore e fascino che circolano nel *Diario*.

Dicono che a ricoverarmi sia stato mio marito ma in effetti è stato un abbandono famigliare e anche sociale. Era facile far sparire i documenti o almeno alleggerire il peso di una coscienza forse priva di coscienza stessa. Ma i medici che continuano ad odiarti e a capovolgere la tua situazione non sono da meno. Rifanno ciò che hanno fatto gli altri secondo un criterio malfidente e malsano che hanno imparato dai parenti stessi. D'altra parte il *Diario* è liberamente tratto dalla cartella clinica del dottore Enzo Gabrici, che ancora raccoglie le mie poesie scritte in mánicomio. Mi tenne con sé visto che i miei parenti mi avevano mandato al diavolo e mi rieducò alla letteratura, l'unica fonte di vita alla quale potevo aggrapparmi per non morire. Ci vollero anni di amore, di presenze continue, ci volle una lunga degenza che ormai la chiusura del manicomio rende impossibile.

Esprimersi dopo la morte è una fatica di Sisifo che non redime il mondo e ci allaccia a un interiore egoismo pieno di accadimenti inutili. Come dice Rainer Maria Rilke: "Un improbo ricupero di forze per avvertire un po' d'eternità". Il vento d'eternità che spira avido nel grembo della donna è stato così simulato nell'abbandono che diventa verde dopo intere stagioni di rifiuto.

Il rifiuto del manicomio che può essere lungo di secoli traspare nel tempo moderno, nella storia della letteratura come un riavvicinamento al passato in cui cadono le enormi lacune di una dimenticanza chimica.

MIA SORELLA

Mia sorella
che mi ha rubato le lacrime
che mi ha rubato il cuore
chiudendomi
dentro il circolo vizioso del manicomio
trovando che tutto era solo dolore.
Mia sorella
che mi ha discusso come il Signore
sedendosi al tavolo dei miscredenti
e che disse alla folla che ero atea
e prevaricatrice,
mia sorella divina
e grande come la disgrazia
mi ha lasciato sola e perduta
dentro un mare di perle.
Esse sono cose private
e lunghe amare catene
che fluttuano di porta in porta

di cammino in cammino
e la folla ingenerosa e felice
non sa che i passati predecessori
mi hanno rubato l'anima.
Essa è un cavo convesso
è una dolce peluria d'amore.
Mia sorella
era divinamente assorta dentro il suo fato
quando caddi perduta dentro la sua catena.
Ahimè mia sorella
mi ha lasciato in un incantesimo pieno di gioia
lei che fu la seconda gravida madre
amore di Clitennestra!
Ahimè che il manicomio
ha dato frutti d'amore e di festa.
Ahimè che in manicomio
trovammo la via della vita eterna
e il senno della filosofia con la goccia del Vate
amabile perla essa solcò le mie guance
avendo cura di non gelarmi nell'ombra.

CANTO DELL'OMBRA DELLA LUCE

Altra cosa era lei
che si muoveva di spalle
sognando l'avvenire
di tutti coloro che non sono i migliori,
si perde il suo teatro nella viltà più divina.
Oh certamente qui vivano i folli
candore di sapienza
frutto di vecchie stagioni
perché aveva mani felici per ogni cosa
aggrovigliavano fili e menzogne,
ahimè mia sorella piena di brume
che cantava la specie eterna
ma una volta nascosta
essa divenne solerte
e festosa come una rosa piena,
ora continuano a rallegrarsi tutti
dei miei piedi nudi
ahimè mia sorella,
grande Giovanna d'Arco,
che mi difende da tutti.

LA CARNE E IL SOSPIRO

a Sergio Bagnoli

Io sono la tua carne,
la carne eletta del tuo spirito.
Non potrai mai visitarmi nel giorno
prima che il puro lavacro del sogno
mi abbia incenerita
per restituirmi a te in pagine di poesia,
in sospiri di lunga attesa.
Temo per il mio dolore,
come se la tua dolcezza
potesse farlo morire
e privarmi così di quel paesaggio misterioso
che sono i ricordi.
Sono piena di riti
e della logica dei ricordi
che viene dopo, quando si affaccia alla mia vita
il rendiconto della verità giornaliera,
il sogno affogato nell'acqua.
Sono misteriosa come tutti,
ogni mio movimento è un miracolo

e tu lo sai,
ma il grande passo
che io possa fare è quello di venire da te
(un viaggio infinito senza ristoro,
forse un viaggio che mi porterebbe a morire
perché io sono il canto e la lunga strada).
Il canto muore, va a morire
nelle viscere della terra
perché io sono la misura
del tuo grande spettacolo di uomo;
sono lo spettatore vivo
delle tue rimembranze ma anche l'insetto,
l'animale che sogna e che divora.
Prima della poesia viene la pace,
un lago sempiterno e pieno
sopra il quale non passa nulla,
neanche un veliero;
prima della poesia viene la morte,
qualche cosa che balza e rimbalza
sopra le acque; il lungo cammino
di una folla di genio e di malizia
che porta lontano,
ma io e te siamo soli
come se fossimo stati creati
primi e per la prima volta;
io e te siamo riemersi dal fango della folla
e giornalmente tentiamo di rimanere soli
in questa risma di carte

che è il grande spettacolo dei vivi.
Io e te siamo esangui,
senza voglia di finire questo incantesimo.
Incolori e indomiti, siamo soli
nel limbo del nostro piacere
perché io e te
siamo pieni di amore carnale,
io e te.

NOTIZIE BIOBLIOGRAFICHE

Nata a Milano il 21 marzo 1931, Alda Merini esordisce molto giovane: non ha ancora sedici anni quando Silvana Rovelli mostra alcune sue poesie ad Angelo Romanò che, a sua volta, le fa leggere a Giacinto Spagnoletti. Nel 1947 conosce Giorgio Manganelli, Luciano Erba, David Maria Turoldo, Maria Corti. In questo stesso anno si manifestano i primi segni della malattia mentale.

Come ha scritto Maria Corti, se Manganelli è stato per la Merini un maestro di stile, il merito di esserne stato lo "scopritore" spetta a Giacinto Spagnoletti, che inserisce alcune poesie della poetessa milanese nella sua *Antologia della poesia italiana 1909-1949* (Guanda 1950). Altri testi vengono pubblicati nel volume curato da Giovanni Scheiwiller *Poetesse del Novecento* (1951). Il primo libro di versi è *La presenza di Orfeo* (Schwarz 1953) che, accolto con grande favore dalla critica, sarà poi riproposto da Vanni Scheiwiller nel 1993 insieme alle successive raccolte *Paura di Dio* (Scheiwiller 1955), *Nozze romane* (Schwarz 1955), *Tu sei Pietro* (Scheiwiller 1962). Il 1953 è anche l'anno del matrimonio con Ettore Carniti, proprietario di alcune panetterie, da cui nasce, nel 1955, la prima figlia, Emanuela, e nel 1958 la seconda, Flavia. Salvatore Quasimodo, a cui la Merini è legata da rapporti di amicizia e lavoro, pubblica alcune sue liriche nel volume *Poesia italiana del dopoguerra* (Schwarz 1958).

Nel 1965 ha inizio il doloroso internamento manicomiale presso il Paolo Pini di Milano, internamento che prosegue fino al 1972. Durante i rari periodi di dimissione, nascono altre due figlie: Barbara e Simona.

Il silenzio poetico in cui, anche a causa della malattia, Alda Merini si è chiusa, si interrompe, dopo quasi vent'anni, nel 1979, quando dà avvio alla scrittura di alcuni tra i suoi componimenti più intensi, soprattutto quelli de *La Terra Santa* (Scheiwiller 1984; Premio Cittadella 1985). Rimasta vedova nel 1983, sposa due anni dopo il poeta tarantino Michele Pierri, nella cui città si trasferisce. Sono questi anni difficili, durante i quali conosce gli orrori dell'ospedale psichiatrico di Taranto. Rientrata a Milano nel 1988, riprende a pubblicare. Ricordiamo, tra gli altri, *Testamento* (Crocetti 1988), *Vuoto d'amore* (Einaudi 1991), *Ballate non pagate* (Einaudi 1995), *Fiore di poesia (1951-1997)* (Einaudi 1998), *Superba è la notte* (Einaudi 2000), *L'anima innamorata* (Frassinelli 2000), *Corpo d'amore. Un incontro con Gesù* (Frassinelli 2001), *Magnificat. Un incontro con Maria* (Frassinelli 2002), *Più bella della poesia è stata la mia vita* (Einaudi 2003 con videocassetta) e *La carne degli angeli* (Frassinelli 2003) *Poema della croce* (2004). Nel 1996 Scheiwiller ha raccolto alcune plaquette ne *La Terra Santa: Destinati a morire* (1980), *La Terra Santa* (1983), *Le satire della Ripa* (1983), *Le rime petrose* (1983) e *Fogli bianchi* (1987).

Negli ultimi anni Alda Merini si è anche dedicata alla prosa, oltre a *L'altra verità. Diario di una diversa* (prima edizione Scheiwiller 1986, nuova edizione Rizzoli 1997): *Il tormento delle figure* (il Melangolo 1990), *Le parole di Alda Merini* (Stampa alternativa 1991), *Delirio amoroso* (il Melangolo 1989 e 1993), *La pazza della porta accanto* (Bompiani 1995; Premio Latina 1995, finalista Premio Rapallo 1996), *La vita facile* (Bompiani 1996), *Lettere a un racconto. Prose lunghe e brevi* (Rizzoli 1998), *Il ladro Giuseppe. Racconti degli anni Sessanta* (Scheiwiller 1999) a cui si aggiungono *aforismi e magie* (Rizzoli 1999), raccolta di aforismi, e le antologie di poesie *Folle, folle, folle di amore per te. Poesie per giovani innamorati* (Salani 2002). *La volpe e il sipario* (Rizzoli 2004) e *Le briglie d'oro. Poesie per Marina (1984-2004)* (Scheiwiller 2005).

Nel 1993 le è stato assegnato il Premio Librex-Guggenheim "Eugenio Montale" per la Poesia, nel 1996 il PremioViareggio, nel 1997 il Premio Procida-Elsa Morante, nel 1999 il Premio della Presidenza del Consiglio dei Ministri - Settore Poesia e nel 2002 le è stato attribuito dal Comune di Milano l'Ambrogino d'oro.

INDICE

Aut. H - 30 - 2021

Finito di stampare nel maggio 2021 presso
Elcograf S.p.A. – Stabilimento di Cles (TN)
Printed in Italy